林清玄

大家经典

喜悦的香

林清玄 著

山东文艺出版社

清　欢

（代序）

少年时代读到苏轼的一阕词,非常喜欢,到现在还能背诵:

> 细雨斜风作晓寒,淡烟疏柳媚晴滩。入淮清洛渐漫漫。　雪沫乳花浮午盏,蓼茸蒿笋试春盘。人间有味是清欢。

这阕词,苏轼在旁边写着"元丰七年十二月二十四日,从泗州刘倩叔游南山",原来是苏轼和朋友到郊外去玩,在南山里喝了浮着雪沫乳花的淡茶,配着春日山野里的蓼菜、茼蒿、新笋,以及野草的嫩芽等等,然后自己赞叹着:"人间有味是清欢!"

当时所以能深记这阕词,最主要的是爱极了后面这一句,因为试吃野菜的这种平凡的清欢,才使人间更有滋味。"清欢"是什么呢? 清欢几乎是难以翻译的,可以说是"清淡的欢愉",这种清淡的欢愉不是来自别处,正是来自对平静疏淡简朴生活的一种热爱。当一个人可以品味出野菜的清香胜过了山珍海味,或者一个人在路边的石头里看出了比钻石更引人的滋味,或者一个人听林间鸟鸣的声音感受到比提笼遛鸟更感动,或者体会了静静品一壶乌龙茶比起在喧闹的晚宴中更能清洗心灵……这些就是"清欢"。

清欢之所以好,是因为它对生活的无求,是它不讲求物质的条件,只讲究心灵的品味。"清欢"的境界很高,它不同于李白的"人生在世不称意,明朝散发弄扁舟"那样的自我放逐;或者"人生得意须尽欢,莫使金樽空对月"那种尽情的欢乐。它也不同于杜甫的"人生有情泪沾臆,江水江花岂终极"这样悲痛的心事,或者"人生不相见,动如参与商;今夕复何夕,共此灯烛光"那种无奈的感叹。

我们活在这个世界上,有千百种人生。文天祥的是"人生自古谁无死,留取丹心照汗青",我们很容易体会到他的壮怀激烈。欧阳修的是"人生自是有情痴,此恨不关风与月",我们很能体会到他的绵绵情恨。纳兰性德的是"人到情多情转薄,而今真个不多情",我们也不难会意到他无奈的哀伤。甚至于像王国维的"人生只似风前絮,欢也零星,悲也零星,都作连江点点萍!"那种对人生无常所发出的刻骨的感触,也依然能够知悉。

可是"清欢"就难了!

尤其是生活在现代的人,差不多是没有清欢的。

什么样是清欢呢? 我们想在路边好好地散个步,可是人声车声不断地呼吼而过,一天里,几乎没有纯然安静的一刻。

我们到馆子里,想要吃一些清淡的小菜,几乎是杳不可得,过多的油、过多的酱、过多的盐和味精已经成为中国菜最大的特色。有时害怕了那样的油腻,特别嘱咐厨子白煮一个菜,菜端出来时让人吓一跳,因为菜上挤的沙拉比菜还多。

有时没有什么事,心情上只适合和朋友去啜一盅茶、饮一杯咖啡,可惜的是,心情也有了,朋友也有了,就是找不到地方,有茶有咖啡的地方总是嘈杂的。

俗世里没有清欢了,那么到山里去吧!到海边去吧!但是,山边和海湄也不纯净了,凡是人的足迹可以到的地方,就有了垃圾,就有了臭秽,就有了吵闹!

有几个地方我以前常去的,像阳明山的白云山庄,叫一壶兰花茶,俯望着台北盆地里堆叠着的高楼与人欲,自己饮着茶,可以品到茶中有清欢。像在北投和阳明山间的山路边有一个小湖,湖畔有小贩卖功夫茶,小小的茶几、藤制的躺椅,独自开车去,走过石板的小路,叫一壶茶,在躺椅上静静地靠着,有时湖中的荷花开了,真是惊艳一山的沉默。有一次和朋友去,两人在躺椅上静静喝茶,一下午竟说不到几句话,那时我想,这大概是"人间有味是清欢"了。

现在这两个地方也不能去了,去了只有伤心。湖里的不是荷花了,是漂荡着的汽水罐子,池畔也无法静静躺着,因为人比草多,石板也被踏损了。到假日的时候,走路都很难不和别人推挤,更别说坐下来喝口茶,如果运气更坏,会遇到呼啸而过的飞车党,还有带伴唱机来跳舞的青年,那时所有的感官全部电路走火,不要说清欢,连欢也不剩了。

要找清欢,就一日比一日更困难了。

当学生的时候,有一位朋友住在中和圆通寺的山下,我常常坐着颠踬的公交车去找她,两个人就沿着上山的石阶,漫无速度地,走走、坐坐、停停、看看。那时圆通寺山道石阶的两旁,杂乱地长着朱槿花。我们一路走,顺手摘下一朵熟透的朱槿花,吸着花朵底部的花露,其甜如蜜,而清香胜蜜,轻轻地含着一朵花的滋味,心里遂有一种只有春天才会有的欢愉。

圆通寺是一座全由坚固的石头砌成的寺院,那些黑而坚强的石头坐在山里仿佛一座不朽的城堡,绿树掩映,清风徐徐,站在用石板铺成的前院里,看着正在生长的小市镇。那时的寺院是澄明而安静的,让人感觉走了那样高的山路,能在那平台上看着远方,就是人生里的清欢了。

后来,朋友嫁人,到国外去了。我去过一趟圆通寺,山道已经开辟出来,车子可以环山而上,小山路已经很少人走,就在寺院的门口摆着满满的摊贩。有一摊是儿童乘坐的机器马,叽哩咕噜的童歌震撼半山,有两摊是打香肠的摊子,烤烘香肠的白烟正往那古寺的大佛飘去,有一位母亲因为不准孩子吃香肠而揍打着两个孩子,激烈的哭声尖亢而急促……我连圆通寺的寺门都没有进去,就沉默地转身离开。山还是原来的山,寺还是原来的寺,为什么感觉完全不同了,失去了什么吗?失去的正是清欢。

下山时的心情是不堪的,想到星散的朋友,心情也不是悲伤,只是惆怅,浮起的是一阕词和一首诗,词是李煜的:"高楼谁与上?长记秋晴望。往事已成空,还如一梦中!"诗是李觏的:"人言落日是天涯,望极天涯不见家。已恨碧山相阻隔,碧山还被暮云遮!"那时正是黄昏,在都市烟尘蒙蔽了的落日中,真的看到了一种悲剧似的橙色。

我二十岁时心情很坏的时候,就跑到青年公园对面的骑马场去骑马,那些马虽然因驯服而动作缓慢,却都年轻高大,有着光滑的毛色。双腿用力一夹,它会如箭一般呼噜向前蹿去,急忙的风声就从两耳掠过。我最记得的是马跑的时候,迅速移动着的草的青色,青茸茸的,仿佛饱含生命的汁液,跑了几圈下来,一切恶的心情也就在风中、在绿草里、在马的呼啸中消散了。

尤其是冬日的早晨,勒着缰绳,马就立在当地,踢踏着长腿,鼻孔中冒着一缕缕的白汽,那些汽可以久久不散,当马的气息在空气中消弭的时候，人也好像得到某些舒放了。

骑完马，到青年公园去散步，走到成行的树荫下，冷而强悍的空气在林间流荡着，可以放纵地、深深地呼吸，品味着空气里所含的元素，那元素不是别的，正是清欢。

最近有一天，突然想到骑马，已经有十几年没骑了。到青年公园的骑马场时差一点吓昏，原来偌大的马场里已经没有一根草了，一根草也没有的马场大概只有台湾才有，马跑起来的时候，灰尘滚滚，弥漫在空气里的尽是令人窒息的黄土，蒙蔽了人的眼睛。马也老了，毛色斑剥而失去光泽。

最可怕的是，不知道什么时候在马场搭了一个塑料棚子，铺了水泥地，其丑无比，里面则摆满了机器的小马，让人骑用，其吵无比。为什么为了些微的小利，而牺牲了这个马场呢？

马会老是我知道的事，人会转变是我知道的事，而在有真马的地方放机器马，在马跑的地方没有一株草，则是我不能理解的事。

就在马场对面的青年公园，那里已经不能说是公园了，人比西门町还拥挤吵闹，空气比咖啡馆还坏，树也萎了，草也黄了，阳光也不灿烂了。我从公园穿越过去，想到少年时代的这个公园，心痛如绞，别说清欢了，简直像极了佛经所说的"五浊恶世"！

生在这个时代，为何"清欢"如此难觅？眼要清欢，找不到青山绿水；耳要清欢，找不到宁静和谐；鼻要清欢，找不到干净空气；舌要清欢，找不到蓼茸蒿笋；身要清欢，找不到清凉净土；意要清欢，找不到智慧明心。如果你要享受清欢，唯一的方法是守在自己小小的天地，洗涤自己的心灵，因为在我们拥有愈多的物质世界，我们的清淡的欢愉就日渐失去了。

现代人的欢乐，是到油烟爆起、卫生堪虑的啤酒屋去吃炒蟋蜂;是到黑天暗地、不见天日的卡拉OK去乱唱一气;是到乡村野店、胡乱搭成的土鸡山庄去豪饮一番;以及到狭小的房间里做方城之戏,永远重复着摸牌的一个动作……这些污浊的放逸的生活以为是欢乐,想起来毋宁是可悲的。为什么现代人不能过清欢的生活,反而以浊为欢,以清为苦呢?

一个人以浊为欢的时候,就很难体会到生命清明的滋味,而在欢乐已尽、浊心再起的时候,人间就愈来愈无味了。

这使我想起东坡的另一首诗来:

> 梨花淡白柳深青,柳絮飞时花满城。
> 惆怅东栏一株雪,人生看得几清明?

苏轼凭着东栏看着栏杆外的梨花,满城都飞着柳絮时,梨花也开了遍地,东栏的那株梨花却从深青的柳树间伸了出来,仿佛雪一样地清丽,有一种惆怅之美,但是人生看这么清明可喜的梨花能有几回呢?这正是千古风流人物的性情,这正是清朝大画家盛大士在《溪山卧游录》中说的:"凡人多熟一分世故,即多一分机智。多一分机智,即少却一分高雅。""山中何所有?岭上多白云,只可自怡悦,不堪持赠君,自是第一流人物。"

第一流人物是什么人物?

第一流人物是在清欢里也能体会人间有味的人物!

第一流人物是在污浊滔滔的人间,也能找到清欢的滋味的人物!

一九八五年十二月十五日

目　录

第一辑　生平一瓣香

003 ｜ 生平一瓣香
007 ｜ 飞入芒花
014 ｜ 家有香椿树
017 ｜ 银合欢
021 ｜ 翡翠莲雾
024 ｜ 孔雀菜
026 ｜ 夏日小春
032 ｜ 寒梅着花未？
035 ｜ 柔软的耕耘
040 ｜ 布袋莲
043 ｜ 姑婆叶随想
047 ｜ 盛夏的凤凰花
050 ｜ 往事只能回味
053 ｜ 在梦的远方
059 ｜ 片片催零落
062 ｜ 长命菜
065 ｜ 报岁兰

069 ｜ 无怨的风
075 ｜ 忘情花的滋味

第二辑　芳香百里馨

081 ｜ 花籽
084 ｜ 刺花
094 ｜ 月桃花的心事
097 ｜ 买了半山百合
101 ｜ 红砖道的风景
105 ｜ 玉石上开了一朵花
107 ｜ 栽出有情之花
108 ｜ 黄玫瑰的心
112 ｜ 清净之莲
115 ｜ 风格的芬芳
117 ｜ 敏感的花
121 ｜ 光之香
123 ｜ 海香
124 ｜ 真情最感人
127 ｜ 香鱼的故乡

130 | 蔷薇刑

132 | 玫瑰奇迹

134 | 变种玫瑰

135 | 卖菜老妇

137 | 萤蔺

138 | 蝴蝶兰

第三辑　喜悦的香

141 | 愿作自由花

145 | 拈花四品

149 | 一朵花,或一座花园?

157 | 香严童子

160 | 金色莲花

163 | 一种温存犹昔

167 | 情困与物困

173 | 学看花

178 | 青草与醍醐

185 | 莲瓣之不朽

186 | 草先萌

187 | 针叶树

188 | 以智慧香而自庄严

192 | 水晶石与白莲花

198 | 飘零的水姜花

200 | 棋盘脚花

201 | 礁石花盆

202 | 常春藤

204 | 喜悦的香

第四辑　深香默默

207 | 深香默默

210 | 明年荷花应教看

212 | 用岁月在莲上写诗

215 | 萝卜花,如梦相似

218 | 蝴蝶之吻

223 | 宁静海

226 | 静静的鸢尾花

231 | 雪地梅花初放

234 | 好雪片片

236 | 牡丹也者

242 | 不要失去桃花源

245 | 莲花汤匙

250 | 莲子面包与油焖香菇

253 | 轮回之香

258 | 不睡之莲

262 | 一朝

第一辑

生平一瓣香

生平一瓣香

你提到我们少年时代，常坐在淡水河口看夕阳斜落，然后月亮自水面冉冉上升的景况。你说："我们常边饮酒边赋歌，边看月亮从水面浮起，把月光与月影投射在河上，水的波浪常把月色拉长又挤扁，当时只是觉得有趣，甚至痴迷得醉了。没想到去国多年，有一次在密西西比河水中观月，与我们的年少时光相叠，故国山川争如水中之月、镜中之花，挤扁又拉长，最后连年轻的岁月也成为镜花水月了。"

这许多感怀，使你在密西西比河畔因而为之动容落泪，我读了以后也是心有戚戚。才是一转眼间，我们竟已度过几次爱情的水月镜花，也度过不少挤扁又拉长的人世浮嚣了。

还记否？当年我们在木栅的小木屋里临墙赋诗，我的木屋中四壁萧然，写满了朋友们题的字句，而门上匾额写的是一首《困龙吟》。有一次夜深了，我在小灯下读钱钟书的《谈艺录》，窗外月光正照在小湖上，远听蛙鸣，我把书里的两段话用毛笔写在墙上：

水月镜花，固可见而不可捉，然必有此水而后月可印潭，有此镜而后花能映影。

水与镜也，兴象风神，月与花也，必水澄镜朗，然后花月宛然。

那时我是相当穷困，住在两坪大只有一个书桌的小屋，我唯一的财产是满屋的书以及爱情。可是我是富足的，当我推开窗子，一棵大榕树面窗而立，树下是植满了荷花的小湖，附近人家都是那么亲善。有时候，我为了送女友一串风铃到处告贷，以书果腹，你带酒和琴来，看到我的窘状，在我的门口写下两句话：

月缺不改光，剑折不改刚。

我在醉酒之后也高歌："我醉欲眠君且去，明朝有意抱琴来。"那似乎是我们穷到只要有一杯酒、一卷书，就满足地觉得江山有待了。后来我还在穷得付不出房租的时候，跳窗离开那个木屋。

前些日子我路过，顺道转去看那一间我连一个月三百元房租都缴不起的木屋，木屋变成一幢高楼，大榕树魂魄不在，小湖也盖了一幢公寓。我站在那里怅望良久，竟然忘了自己身在何方，真像京戏《游园惊梦》里的人。

我于是想到世事一场大梦，书香、酒魄、年轻的爱与梦想都离得远了，真的是镜花水月一场，空留去思。可是重要的是一种回应，如果那镜是清明，花即使谢了，也曾清楚地映照过；如果那水是澄朗，月即使沉落了，也曾明白地留下波光。水与镜似乎都是永恒的事物，明显如胸中的块垒，那么，花与月虽有开谢升沉，都是一种可贵的步迹。

我们都知道击石取火是祖先的故事，本来是两个没有生命的石头，一碰撞却生出火来，石中本来就有火种——再冷酷的事物也有它感性的一面——不断地敲击就有不断的火光，得火实在不难，难的是，得了火后怎么使那微小的火种得以不灭。镜与花，水与月本来也不相干，然而它们一相遇就生出短暂的美，我们怎么样才能使那美得以永存呢？

只好靠我们的心了。

就在我正写信给你的时候，突然浮起两句古诗："笼中剪羽，仰看百鸟之翔；侧畔沉舟，坐阅千帆之过。"爱与生的美和苦恼不就是这样吗？岁月的百鸟一只一只地从窗前飞过，生命的千帆一艘一艘地从眼中航去，许多飞航得远了，还有许多正从那些不可测知的角落里飞航过来。

记得你初到康乃狄格不久，曾经为了想喝一碗掺柠檬水的爱玉冰不可得而泪下，曾经为了在朋友处听到雨夜花的歌声而胸中翻滚，那说穿了也是一种回应，一种掺和了乡愁和少年情怀的回应。

我知道，我再也不可能回到小木屋去住了，我更知道，我们都再也回不到小木屋那种充满了精纯的真情的岁月了。这时节，我们要把握的便不再是花与月，而是水与镜，只要保有清澄朗净的水镜之心，我们还会再有新开的花和初升的月亮。

有一首词我是背得烂熟了，是陈与义的《临江仙》：

忆昔午桥桥上饮，座中多是豪英。长沟流月去无声。杏花疏影里，吹笛到天明。　　二十余年如一梦，此身虽在堪惊。闲登小阁看新晴。古今多少事，渔唱起三更。

我一直觉得，在我们不可把捉的尘世的运命中，我们不要管无情的背弃，我们不要管苦痛的创痕，只要维持一瓣香，在长夜的孤灯下，可以从陋室里的胸中散发出来，也就够了。

连石头都可以撞出火来，其他的还有什么可畏惧呢？

飞入芒花

母亲蹲在厨房的大灶旁边，手里拿着柴刀，用力劈砍香蕉树多汁的草茎，然后把剁碎的小茎丢到灶中大锅，与泔水同熬，准备去喂猪。

我从大厅迈过后院，跑进厨房时正看到母亲额上的汗水反射着门口射进的微光，非常明亮。

"妈，给我两角。"我靠在厨房的木板门上说。

"走！走！走！没看到没闲吗？"母亲头也没抬，继续做她的活儿。

"我只要两角钱。"我细声但坚定地说。

"要做什么？"母亲被我这异乎寻常的口气触动，终于看了我一眼。

"我要去买金啖。"金啖是三十年前乡下孩子唯一能吃到的糖，浑圆的，坚硬的糖球上面沾了一些糖粒，一角钱两粒。

"没有钱给你买金啖。"母亲用力地把柴刀剁下去。

"别人都有，为什么我们没有？"我怨愤地说。

"别人是别人，我们是我们，没有就是没有，别人做皇帝你怎么不去做皇帝!"母亲显然动了肝火,用力地剁香蕉树的草茎。柴刀砍在砧板上咚咚作响。

"做妈妈是怎么做的? 连两角钱买金唉都没有?"

母亲不再作声,继续默默工作。

我那一天是吃了秤砣铁了心,冲口而出:"不管怎样,我一定要!"说着就用力地踢厨房的门板。

母亲用尽力气,柴刀"咔"的一声站立在砧板上,顺手抄起一根生火的竹管,气急败坏地一言不发,劈头劈脑就打了下来。

我一转身,飞也似的蹦了出去,平常,我们一旦忤逆了母亲,只要一溜烟跑掉,她就不再追究,所以只要母亲一火,我们总是一口气跑出去。

那一天,母亲大概是气极了,并没有转头继续工作,反而快速地追了出来。我正奇怪的时候,发现母亲的速度异乎寻常地快,几乎像一阵风一样。我心里升起一种恐怖的感觉,想到脾气一向很好的母亲,这一次大概是真正生气了,万一被抓到一定会被狠狠打一顿。母亲很少打我们,但只要她动了手,必然会把我们打到讨饶为止。

边跑边想,我立即选择了那条火车路的小径,那是家附近比较复杂而难走的小路,整条都是枕木,铁轨还通过旗尾溪,悬空架在上面。我们天天都在这里玩耍,路径熟悉,通常母亲追我们的时候,我们就选这条路跑,母亲往往不会追来,而她也很少把气生到晚上,只要晚一点回家,让她担心一下,她气就消了,顶多也只是数落一顿。

那一天真是反常,母亲提着竹管,快步地跨过铁轨的枕木追过来,好像不追到我不肯罢休。我心里虽然害怕,却还是有恃无恐，因为我的身高已经长得快与母亲平行了，她即使用尽全力也追不上我，何况是在火车路上。

我边跑还边回头望母亲，母亲脸上的表情是冷漠而坚决的。我们一直维持着二十几米的距离。

"唉唷！"我跑过铁桥时，突然听到母亲惨叫一声，一回头，正好看到母亲扑跌在铁轨上面，扑的一声，显然跌得不轻。

我的第一个反应是：一定很痛！因为铁轨上铺的都是不规则的碎石子，我们这些小骨头跌倒都痛得半死，何况是母亲？

我停下来，转身看母亲，她一时爬不起来，用力搓着膝盖，我看到鲜血从她的膝上汩汩流出，鲜红色的，非常鲜明。母亲咬着牙看我。

我不假思索地跑回去，跑到母亲身边，用力扶她站起，看到她腿上的伤势实在不轻，我跪下去说："妈，您打我吧！我错了。"

母亲把竹管用力地丢在地上，这时，我才看见她的泪从眼中急速地流出，然后她把我拉起，用力抱着我，我听到火车从很远很远的地方开过来。

我用力拥抱着母亲说："我以后不敢了。"

这是我小学二年级时的一幕，每次一想到母亲，那情景就立即回到我的心版，重新显影，我记忆中的母亲，那是她最生气的一次。其实，母亲是个很温和的人，她最不同的一点是，她从来不埋怨生活，很可能她心里也是埋怨的，但她嘴里从不说出，我这辈子也没听她说过一句粗野的话。

因此，母亲是比较倾向于沉默的，她不像一般乡下的妇人喋喋不休。这可能与她的教育与个性都有关系，在母亲的那个年代，她算是幸运的，因为受到初中的教育，日据时代的乡间能读到初中已算是知识分子了，何况是个女子。在我们那方圆几里内，母亲算是知识丰富的人，而且她写得一手娟秀的字，这一点是我小时候常引以为傲的。

我的基础教育都是来自母亲，很小的时候她就把《三字经》写在日历纸上让我背诵，并且教我习字。我如今写得一手好字就是受到她的影响，她常说："别人从你的字里就可以看出你的为人和性格了。"

早期的农村社会，一般孩子的教育都落在母亲的身上，因为孩子多，父亲光是养家已经没有余力教育孩子。我们很幸运的，有一位明理的、有知识的母亲。这一点，我的姊姊体会得更深刻，她考上大学的时候，母亲力排众议对父亲说："再苦也要让她把大学读完。"在二十年前的乡间，给女孩子去读大学是需要很大的决心与勇气的。

母亲的父亲——我的外祖父——在他居住的乡里是颇受敬重的士绅，日据时代在政府机构任职，又兼营农事，是典型耕读传家的知识分子，他连续拥有了八个男孩，晚年时才生下母亲。因此，母亲的童年与少女时代格外受到钟爱，我的八个舅舅时常开玩笑地说："我们八个兄弟合起来，还比不上你母亲的受宠爱。"

母亲嫁给父亲是"半自由恋爱"，由于祖父有一块田地在外祖父家旁，父亲常到那里去耕作，有时借故到外祖父家歇脚喝水，就与母亲相识，互相闲谈几句，生起一些情意。后来祖父央媒人去提亲，外祖父见父亲老实可靠，勤劳能负责任，就答应了。

父亲提起当年为了博取外祖父母和舅舅们的好感，时常挑着两百多斤的农作在母亲家前来回走过，才能顺利娶回母亲。

其实，父亲与母亲在身材上不是十分相配的，父亲是身高六尺的巨汉，母亲的身高只有一米五十，相差达三十厘米。我家有一幅他们的结婚照，母亲站着到父亲耳际，大家都觉得奇怪，问起来，才知道宽大的白纱礼服里放了一个圆凳子。

母亲是嫁到我们家才开始吃苦的，我们家的田原广大，食指浩繁，是当地少数的大家族。母亲嫁给父亲的头几年，大伯父二伯父相继过世，大伯母也随之去世，家外的事全由父亲撑持，家内的事则由二伯母和母亲负担，一家三十几口的衣食，加上养猪饲鸡，辛苦与忙碌可以想见。

我印象里还有几幕影像鲜明的静照，一幕是母亲以蓝底红花背巾背着我最小的弟弟，用力撑着猪栏要到猪圈里去洗刷猪的粪便。那时母亲连续生了我们六个兄弟姊妹，家事操劳，身体十分瘦弱。我小学一年级，幺弟一岁，我常在母亲身边跟进跟出，那一次见她用力撑着跨过猪圈，我第一次体会到母亲的辛苦而落下泪来，如今那一条蓝底红花背巾的图案还时常浮现出来。

另一幕是，有时候家里缺乏青菜，母亲会牵着我的手，穿过家前的一片菅芒花，到番薯田里去采番薯叶，有时候则到溪畔野地去摘鸟莶菜或芋头的嫩茎。有一次母亲和我穿过芒花的时候，我发现她和新开的芒花一般高，芒花雪样地白，母亲的发墨一般地黑，真是非常地美。那时感觉到能让母亲牵着手，真是天下最幸福的事。

还有一幕是，大弟因小儿麻痹死去的时候，我们都忍不住大声哭泣，唯有母亲以双手掩面悲号，我完全看不见她的表情，只见到她的两道眉毛一直在那里抽动。依照习俗，死了孩子的父母在孩子出殡那天，要用拐杖击打棺木，以责备孩子的不孝，但是母亲坚持不用拐杖，她只是扶着弟弟的棺木，默默地流泪，母亲那时的样子，到现在在我心中还鲜明如昔。

还有一幕经常上演的，是父亲到外面去喝酒彻夜未归，如果是夏日的夜晚，母亲就会搬着藤椅坐在晒谷场说故事给我们听，讲虎姑婆，或者孙悟空，讲到孩子都睁不开眼睛而倒在地上睡着。

有一回，她说故事到一半，突然叫起来说："呀！真美。"我们回过头去，原来是我们家的狗互相追逐跑进前面那一片芒花，栖在芒花里无数的萤火虫哗然飞起，满天星星点点，衬着在月下波浪一样摇曳的芒花，真是美极了，美得让我们都呆住了。我再回头，看到那时才三十岁的母亲，脸上流露着欣悦的光泽，在星空下，我深深觉得母亲是多么地美丽，只有那时母亲的美才配得上满天的萤火。

于是那一夜，我们坐在母亲身侧，看萤火虫一一地飞入芒花，最后，只剩下一片宁静优雅的芒花轻轻摇动，父亲果然未归，远处的山头晨曦微微升起，萤火在芒花中消失。

我和母亲的因缘也不可思议，她生我的那天，父亲急急跑出去请产婆来接生，产婆还没有来的时候我就生出了，是母亲拿起床头的剪刀亲手剪断我的脐带，使我顺利地投生到这个世界。

年幼的时候，我是最令母亲操心的一个，她为我的病弱不知道流了多少泪，在我得急病的时候，她抱着我跑十几里路去看医生，是常有的事。尤其在大弟死后，她对我的照顾更是无微不至，我今天能有很棒的身体，是母亲在十几年间仔细调护的结果。

　　我的母亲是这个世界上无数的平凡人之一，却也是这个世界上无数伟大的母亲之一，她是那样传统，有着强大的韧力与耐力，才能从艰苦的农村生活过来，丝毫不怀怨恨。她们那一代的生活目标非常地单纯，只是顾着丈夫、照护儿女，几乎从没有想过自己的存在。在我的记忆中，母亲的忧病都是因我们而起，她的快乐也是因我们而起。

　　不久前，我回到乡下，看到旧家前的那一片芒花已经完全不见了，盖起一间一间的透天厝。现在那些芒花呢？仿佛都飞来开在母亲的头上，母亲的头发已经花白了，我想起母亲年轻时候走过芒花的黑发，不禁百感交集。尤其是父亲过世以后，母亲显得更孤单了，头发也更白了，这些，都是她把半生的青春拿来抚育我们的代价。

　　童年时代，陪伴母亲看萤火虫飞入芒花的星星点点，在时空无常的流变里也不再有了，只有当我望见母亲的白发时才想起这些，想起萤火虫如何从芒花中哗然飞起，想起母亲脸上突然绽放的光泽，想起在这广大的人间，我唯一的母亲。

家有香椿树

市场里看到有人卖香椿，一大把十元，简直有点欣喜若狂，立刻买了三把回家，当天晚上就做了香椿拌面、香椿炒蛋、炸香椿，吃的时候自己都觉得好笑，好像得了相思病，不，香椿病。

说起香椿，它的味觉是很难以形容的，它的香气强烈而细致，与一般的香菜，像芫荽、芹菜、紫苏大为不同，食之风动，令人心醉。与一般香菜更不同的是，一般香菜多为草本，香椿树却是乔木，可以长到三四丈高，如果家里种有一棵香椿树，一年四季就永远有香椿可吃。

我对香椿的感情是从小就培养出来的，我们以前在山上的家，屋后就有几棵极高大的香椿树，树干笔直，羽状复叶，树形和树叶都非常优雅，是非常美的树木。

我的父亲独沽一味，非常喜欢香椿的气味，他白天出去耕作，黄昏回来的时候，就会随手摘一些香椿的嫩叶回家，但是偏偏母亲不喜欢香椿的味道，所以他时常要自己动手。他把香椿叶剁碎，拌面、拌饭，加一点油、一点酱油，就是人间至极的美味。

最简单的香椿做法，是剁碎了放在酱油里，不管蘸什么东西吃，那食物立刻布满了香椿的强烈气息。

次简单的是，用香椿叶来炒蛋，美味远非菜脯蛋、洋葱蛋可比。或者是用蛋和面粉调糊，裹香椿叶下去油炸，炸得酥黄香脆，可以当饼干吃。或者，以香椿拌豆腐。

还有复杂一点的，就是以香椿叶子包饺子、包子、粽子，香气宜人。

我受了父亲的调教，自小就嗜食香椿，几乎有香椿叶子，什么东西都吃得下了。而香椿树那种独一无二的气味，也陪伴了我的童年，那高大的香椿树每到初夏，就会开出一簇簇的小白花，整个天空就会弥漫一种清香，然后，花结果了，果熟裂开了，香椿树带着小翅膀的种子就会随风飞到远方。

有时候在林间会发现新长出的香椿树，那时就知道有一颗香椿树的种子曾落在这里。香椿树的幼苗和嫩叶一样，刚生长的时候是红色的，慢慢转为橙色，最后变成翠绿色，爸爸常说："香椿如果变成绿色就不好吃了。"原因是绿色的香椿树纤维太粗，气味太烈了。

有时候，我路过山道，看到小香椿树，就会摘一片叶子来闻嗅，然后放在嘴里细细地咀嚼，特别感觉到香椿树的香甘清美，真不愧是香椿呀！

自从到台北以后，就难得品尝到香椿的滋味了，每次回乡下总会设法去找一些香椿来吃。有一年，住在木栅的兴隆山庄，特地向朋友要来两株香椿树的幼苗种在院子里，长得有一人高，我偶尔会依照父亲的食谱，摘来试做，滋味依然鲜美，就会唤起从前那遥远的记忆。

后来我搬家了，也不知道院子里那两株香椿树变成什么样子，会像故乡的香椿树长三四丈高吗？会开花吗？种子也会飞翔吗？

有一次读庄子的《逍遥游》，说道："古有大椿者，以八千岁为春，以八千岁为秋。"所以香椿树应该是很长寿的。由这个典故，以香椿有寿考之征，所以古人称父亲为"椿"，称母亲为"萱"。唐朝牟融有诗说："堂上椿萱雪满头"，是说高堂的父母已经白发苍苍了。

父亲过世之后，我也吃过几次香椿，但每次那强烈的气息，就会给我带来悲情，想起父亲，以及他手植的香椿树。他常说："香椿是很上等的木材，等长好了，我们自己砍下来做家具。"一直到他离开这个世间，他也没有砍过一棵香椿树，我以前一直以为是香椿还没有长好，现在才知道那是感情的因素。八千年为春秋，那是永远也长不好了。但愿爸爸如果是在极乐世界，也会有香椿拌面可以吃。

端午节的时候，我路过山边的永春市场，看到有人在路边卖"香椿粽子"，买了几个来吃，真有一点爸爸的味道，唉唉！

吃香椿粽子的时候我决定了，将来如果有一个庄园，屋前屋后我都要种几棵香椿树，来纪念爸爸。

银合欢

台湾南部的山区里，有一种终年都盛开着花的植物，它的花长得真像一个个绒线球，花色大部分是鹅黄色，也有少数变种的可以开出白色或粉红色的花来，它有个非常好听的名字，叫做"银合欢"。

在种满银合欢的山坡地上，远远望去，仿佛遍地长满小小的绣球。最美的时候是晴天的黄昏，稍微有一些晚风，阳光轻浅地穿透银合欢质地温柔的花蕊，微风缓缓地摇曳，竟让人感觉山上的银合欢是至美的花，不像是长在山地野田间的灌木丛。

萎谢的银合欢花，会从花茎中生出长长的荚果，先是柔软的绿色，很快地成熟为褐黑色，最后爆开，细小的种子就随风飘落各处，第二年又长出一丛丛的银合欢树。它们的生命力繁盛而惊人，如果坡地上有一丛银合欢，没有多久它们就盘踞了整个山坡。

由于它的生命力那样强盛，在乡人的眼中是卑贱的，从来没有人认为银合欢美丽，它的用处很简单，被用来生火。因为它的枝干中间有细软的棉状组织，很容易点起火来，就连它干掉的荚果，只要放一把小火便会熊熊燃烧。

在我们乡下，银合欢一直是烧火最好的材料，而且是取用不绝。尤其在贫瘠的土地上，农人通常撒下银合欢的种子，到冬天的时候把遍生的银合欢放火烧掉，它的灰烬很快成为土地最好的肥料，隔年春天，就可以在那里种花生、番薯等容易生长的作物。

童年的时候，我对银合欢有说不出的好感，这种好感不只是来自它花的美丽，而是它的羽状叶子能编成非常好看的冠冕，它的枝干又常常成为我们手中的剑，也是我们在荒野烤番薯最好的木材。

因此我曾仔细观察银合欢的生长，每天跑到家附近的银合欢丛中，用铅笔在根的最底部画下记号，第二天再跑去看，这样我能真切地感觉到银合欢迅速地自土中拔起，它甚至长得比春天最好的稻禾还要快。平常时候，银合欢一个月大概可以长一尺高，如果在夏天的雨季，或者长在河岸边的银合欢，它们一个月可以长两尺高。常常放一个暑假，本来刚发芽的银合欢就长得和我一样高了。

我从来不能理解，为何长在石头地里，完全没有人照看的银合欢，竟能和时间竞赛似的，奇异地长高。

那时我们家有一个林场，父亲在较低的山坡上种了桃花心木，较高的地方则种南洋杉，它们对时间好像都没有感觉，有时一个月也看不到它们长一寸，桃花心木要十年才能收成，南洋杉则要等到十五年。

有一次我问父亲，为什么不把山上都种银合欢呢？它们长得最快。

在林地工作的父亲笑了起来，他说："银合欢长得那么快，可是它不能做家具，甚至不能做木炭。你看这些南洋杉，它长得慢，但是结实，将来才是有用的木材。"

"可是，银合欢也可以做柴火，还能做肥料呀！"我说。

"傻孩子，任何木头都能做柴火，也能做肥料，却不是任何木头都能做家具的。"

虽然银合欢在乡人的眼中是那么无用，连父亲都看不起它，我还是私心里喜欢它，因为它低矮，不像桃花心木崇高；它亲切，不像南洋杉严肃；何况，它在风里是那么好看。

最近读到一篇报告，知道有科学家发现银合欢生长得快速，拿它作为肥料试验。他们在种满银合欢的坡地上空中施肥，记录它的成长，和那些未施肥的银合欢比较，来验证肥料的效果。同样的，也有一部分科学家拿它来做除草剂的试验，利用它生命力的强盛，来看除草剂的效果。这些试验都发现银合欢是最适合用来试验的植物，就像卑微的老鼠常常成为动物解剖与吃食各种毒物的祭品。

这使我对银合欢又生出一些敬意来，它虽不能是崇高巨大的木材，到底，它有许多别的木材所没有的用处，如同乡里间的小人物，他们不能成为领导者，却各自在岗位上发挥了大人物所不能体知的功能。而且，我相信不论我们如何在银合欢的身上试验，在小老鼠的身上解剖，它们都不会灭绝的，因为上苍给了它们特别的生命力。

我想到我在金门时候的一件旧事。在金门古宁头的海边上，就生长了无数的银合欢，在阳光下盛开着花。我从古宁头的望远镜中看大陆沿岸，发现镜中的海岸也盛长着银合欢，也开了花。

那幅图像深深地印在我的脑海，隔了几年也不能忘却，每在乡间山里看到银合欢就浮现出来。

因为那时银合欢隔海对望，有着浓浓的乡愁，那乡愁的生长力和银合欢一样，一月一尺，隔了一个春天，它就长得和人同样高了。我只是不知，是此岸的种子落到彼岸，还是彼岸的种子被吹送到此岸呢？生长在海峡两岸的银合欢有什么不同呢？

翡翠莲雾

外祖母家最后的一棵莲雾树，因为院子前面拓宽道路，被工程队砍除了，听说要砍的时候，树上还结满了莲雾。看到哥哥的来信，虽然我没有亲眼见那棵莲雾树倒下，脑中却浮起一幅图像——莲雾树应声而倒，满地青色的莲雾在阳光下乱滚。

从我有记忆开始，外祖母家前就是一个大的果园，种满荔枝、柿子、龙眼、枣子、莲雾等水果。因此暑假的时候，我们最爱住在外祖母家，每天都在果园中追逐嬉戏，爬到树上去摘水果。外祖母逝世很多年了，每次想起她来，自己就仿佛置身在那个果园中，又回到外祖母的怀抱。

记忆中的果园所生产的水果，和现在的水果比较起来是完全不同的，因为都是"土种"，大部分是长得细小而有酸味的。柿子比不上现在的肥软多汁，荔枝修长带些酸味，龙眼是小而肉薄，枣子长得还没有现在一半大，一点也比不上现在市场上经过改良的品种。

只有十几株莲雾树是我印象最深的。树上结出的莲雾全是翠绿颜色，果实瘦瘦的，形状有一点像翡翠雕成的铃铛。但那种绿色是淡的，就着阳光，给人透明的感觉。这种土生土长的莲雾汁水虽少，嚼起来坚实香脆，别有风味。

那十几株绿色莲雾树长得格外粗壮高大，柿子、荔枝树都比不上它，它大到小孩子可以躺在枝丫的杈上睡午觉。一串串累累的果实藏在树叶中，有时因颜色相同而难以发现。

不知道绿色的莲雾何时在市场上消失，现在的莲雾都是淡红色的品种，肥胖多汁，但不管用什么方法吃它，总觉得好像是水做成的，少了莲雾应该有的气味，尤其是雨季生长的红莲雾几乎是淡而无味的。每次看到红莲雾，我都想起一串串的绿色铃铛，还有在莲雾树上午睡的一段记忆。

由于舅舅们并不是赖那个果园维生，多年来，一直让它任意生长，收成的时候总会送一些给我们家，有时表兄弟上台北，也会带一袋来给我。因此尽管时空流转，我和果园好像还维持着一种情感的牵系，那种感情是难以表白的，它无可置疑地见证我们一些成长的痕迹。

有一年，因为乡道的开辟，莲雾树几乎被砍光了，只留下最靠屋子的一株。外祖母的果园原本是没有路的，后来为探收方便，在两排莲雾树间开了一条脚踏车可以走的路，不久之后，摩托车来了，路又开宽一些，最后汽车来了，两排莲雾首先遭殃，现在单向的汽车道也不足了，最后一株莲雾因而不保。

听说要砍那株莲雾树，方圆几里的人都跑去参观，因为它是附近仅存长绿色果实的莲雾，它的树龄五十几年，也是附近最老的果树了。砍倒一棵莲雾树在道路拓宽时是微不足道的，对我而言，却如同砍除了心中的一片果园。我知道，再也不能吃到那棵树结成的莲雾了。

我的表兄弟，近年来因为纷纷离乡而星散了，家园已不复昔日规模，家前的果园自然日益缩小，现在剩下的，只是几株零散的荔枝、柿子了。

最后一株莲雾树的砍除不只是情伤，也让我想起品种改良的一些问题。现在市场上的所有水果无不是经过品种的改良，我幼年的时候是如何也不能想象现在竟有那么大的荔枝、龙眼、枣子的。然而这些新的品种，有时候味道真是不如从前，翡翠莲雾是最好的例子。

有一回我在市场上买到几条土生的小萝卜，高兴得不得了，因为那些打过荷尔蒙、施过大量农药与肥料，收成时还经过漂白的大萝卜，只是好看罢了，哪里有小萝卜结实呢。可惜我们生长的是一个快速膨胀的时代，连水果青菜都不能避免膨胀，结果是，品种不断改良，田园风味逐渐丧失，有许多最适合台湾气候和环境的品种也因而灭绝，这是值得担忧的现象。

外祖母手植的莲雾树不在了，我只好把它种在心中，在这个转变的时代，任何事物只有放在心中最保险。我把它种在心灵果园的一角，这样我可以随时采摘，并且时刻记得，在这片土地上曾生长过绿如翡翠的莲雾，是别的品种不能取代的。

孔雀菜

带孩子上菜市场，偶然间看到一个菜贩在卖番薯叶子，觉得特别眼熟。

番薯叶子是我童年在乡下常吃的青菜，那时或许也不能算是青菜，而是种番薯的副产品。番薯是最容易生长的作物，旧时乡间每一家都会种番薯田，尤其是稻子收成以后，为了使土地得到调节，并善用地利，总会种一些番薯，等到收成以后再播下一季的稻子。

那些年，番薯为乡间农民做了很大的贡献，好的番薯可以出售，可以果腹以补白米的不足，较差的则可以用来养猪。番薯菜叶也是养猪用的，所以在乡下叫"猪菜"，但大人们觉得养猪也可惜，总是把嫩的部分留下来，作为佐餐的菜肴。三十年前，不太有多吃青菜的观念，只要能吃饱就很不错了，因此，番薯叶子几乎是家庭里最常见的青菜。

市场里看到番薯叶子，忍不住对孩子说起童年关于番薯叶子的记忆，孩子专注聆听，似懂非懂，听完了，突然举起小手指着番薯叶子说：

"这应该叫孔雀菜!"

"孔雀菜?为什么要叫孔雀菜呢?"我惊奇地问。

"因为它长得真像孔雀的尾巴。"

我拿起摊子上摆着的番薯叶子,仔细端详,果然发现它的样子像极了孔雀尾巴,它的梗笔直拉高,末端的叶子青翠怒放,尤其是有一些圆形的品种,张开来,简直就是开屏时的孔雀了。

四岁孩子的观察力与想象力深深地震撼了我。在过去,番薯叶子对我是一种贫苦生活的象征,因为我和千千万万台湾的农家子弟一样,经验了物质匮乏的苦,所以看到番薯叶子,那些苦的生活汁液便被搅动了。可是对于我的孩子,他生命里还没有苦的概念,因此在最平凡最卑贱的番薯叶子里竟看见了孔雀一般的七彩之美,番薯叶子对他便成为一种美丽与快乐的启示了。

从那一次以后,我们家就把番薯叶子称为"孔雀菜",吃的时候仿佛一切的苦难都消失了,只留下那最快乐的部分,而这平凡卑微的菜式也变得格外地高贵精美了。

可见,一个人对于苦乐的看法并不是一定,也不是永久的,就如同我现在回想童年生活,感觉到它有许多苦的部分,其实苦中有乐,而许多当年深以为苦的事,现在想起来却充满了快乐。

夏日小春

山樱桃

夏日虽然闷热，在温差较大的南台湾，凉爽的早晨、有风的黄昏、宁静的深夜，感觉就像是小小的春天。

清晨的时候沿山径散步，看到经过一夜清凉的睡眠，又被露珠做了晨浴的各种小花都醒过来微笑，感觉到那很像自己清晨无忧恼的心情。偶尔看见变种的野茉莉和山牵牛花开出几株彩色的花，竟仿佛自己的胸腔被写满诗句，随呼吸在草地上落了一地。

黄昏时分，我常带孩子去摘果子，在古山顶有一种叫做"山樱桃"的树，春天开满白花，夏日结满红艳的果子，大小与颜色都与樱桃一般，滋味如蜜还胜过樱桃。

这些山樱桃树在古山顶从日据时代就有了，我们不知道它的学名，从小，我们都叫它莎古蓝波（Sa Ku Lan Bo），是我从小最爱吃的野果子，它在甜蜜中还有微微的芳香，相信是做果酱极好的材料，虽然盛产时的山樱桃，每隔三天就可以采到一篮，但我从未做过果酱，因为"生吃都不够，哪有可以晒干的"。

当我在黄昏对几个孩子说"我们去采莎古蓝波"的时候，大家都立刻感受着一种欢愉的情绪，好像莎古蓝波这几个字的节奏有什么魔法一样。

我们边游戏边采食山樱桃，吃到都不想吃的时候，就把新采的山樱桃放在胭脂树或姑婆芋的叶子里包回家，打开来请妈妈吃。她看到绿叶里有嫩黄、粉红、橙红、艳红的山樱桃果子，欢喜地说："真是美得不知道怎么来吃呢。"

她总是浅尝几粒，就拿去冰镇。

夜里天气凉下来了，我们全家人就吃着冰镇的山樱桃，每一口都十分甜蜜，电视里还在演《戏说乾隆》，哥哥的小孩突然开口："就是皇帝也吃不到这么好的莎古蓝波呀。"

大家都笑了，我想，很单纯，也可以有很深刻的幸福。

青莲雾

很单纯，也可以有很深刻的幸福，在我们去采青莲雾的小路上，想到童年吃青莲雾的滋味，我就有这样的心情。

青莲雾种在小镇中学的围墙旁边，这莲雾的品种相信已经快灭绝了，当我听说中学附近有青莲雾没人要吃，落了满地的时候，就兴匆匆带三个孩子，穿过蕉园小径到中学去。

果然，整个围墙外面落了满地的青莲雾，莲雾树种在校园内，校门因为暑假被锁住了。

我们敲了半天门，一个老工友来开门，问我们："来干什么?"

我说："我们想来采青莲雾，不知道可不可以?"

他露出一种兴奋的、难以置信的表情打量我们，然后开怀地笑说："行呀。行呀。"他告诉我，这一整排青莲雾，因为滋味酸涩，连中学生都没有一点采摘的兴趣，他说："回去，用一点盐、一点糖腌渍起来，是很好吃的。"

我们爬上莲雾树，老校工在树下比我们兴奋，一直说："这边比较多。""那里有几个好大。"看他兴奋的样子，我想大概有好多年，没有人来采这些莲雾了。

采了大约二十斤的莲雾，回家还是黄昏，沿路咀嚼青莲雾，虽然酸涩，却有很强烈的莲雾特有的香气，想起我读小学时曾为了采青莲雾，从两层楼高的树上跌下来，那时觉得青莲雾又甜又香，真是好吃。

经过三十年的改良，我们吃的莲雾，从青莲雾到红莲雾，再到黑珍珠，甜度不高的青莲雾就被淘汰了。

为什么我也觉得青莲雾没有以前的好吃呢？原因可能是嘴刁了，水果不断改良的结果，使我们的野心欲望增强，不能习惯原始的水果；（土生的芭乐、芒果、杨桃、桃李不都是相同的命运吗？）另一个原因是在记忆河流的彼端，经过美化，连从前的酸莲雾也变甜了。

家里的人也都不喜吃青莲雾，我想了一个方法，把它放在果汁机里打成莲雾汁，加很多很多糖，直到酸涩完全隐没为止。

青莲雾汁是翠玉的颜色，我也是第一次喝到，加糖、冰镇，在汗流浃背的夏日，喝到的人都说："真好喝呀，再来一杯。"

夜里，我站在屋檐下乘凉，想到童年、青少年时代，其实有许多事都像青莲雾一样地酸涩，只是面目逐渐模糊，像被打成果汁，因为不断地加糖，那酸涩隐去，然后我们喝的时候就自言自语地说："真好喝呀，再来一杯。"

只是偶尔思及心灵深处那最创痛的部分，有如被人以刀刺入内心，疤痕鲜明如昔，心痛也那么清晰，"或者，可能，我加的糖还不够多吧。下次再多加一匙，看看怎么样？"我这样想。

回忆虽然可以加糖，感受的颜色却不改变，记忆的实相也不会翻转。

就像涉水过河的人，在到达彼岸的时候，此岸的经验与河面的汹涌仍然是历历在心头。

野 木 瓜

姐姐每天回家的时候，都会顺手带几个木瓜来。

原因是她住处附近正好有亲戚的木瓜田，大部分已经熟透在树上，落了满地，她路过时觉得可惜，每次总是摘几个。

"为什么他们都不肯摘呢？"我问。

"因为连请人采收都不够工钱，只好让它烂掉了。"

"木瓜不是一斤二十五块（注：本书提到的价钱均是以台币为单位。）吗？台北有时卖到三十块。"我说。

在一旁的哥哥说："那是卖到台北的价钱，在产地卖给收购的人，一斤三五块就不错了。"哥哥在乡下职校教书，白天教的学生都是农民子弟，夜里教的是农民，对农业有很独到的了解。"正好今天我的一位同学问我：'你认为世界上最可怜的人是什么人？'我毫不考虑地说：'是农人。'"

"农人为什么最可怜呢？"哥哥继续发表高见，"因为农作物最好的时候，他们赚的不过是多一两块，农作物最差的时候，却凄惨落魄，有时不但赚不到一毛钱，还会赔得倾家荡产。农会呢？大卖小卖的商人呢？好的时候赚死了，坏的时候双脚缩起来，一毛钱也赔不到。"

问哥哥"世界上最可怜的人是什么人"的那位先生正好是老师兼农民，今年种三甲地的芒果，采收以后结算一共赚了三千元，一甲地才赚一千，他为此而到处诉苦。

哥哥说："一甲地赚一千已经不错，在台湾做农民如果不赔钱，就应该谢天谢地拜祖先了呀。"

不采摘的木瓜很快就会腐烂，多么可惜。也是黄昏时分，我带孩子去采木瓜，想把最熟的做木瓜牛奶，正好熟的切片，青木瓜拿来泡茶。

采木瓜给我带来心情的矛盾，当青菜水果很便宜，多到没人要的时候，我们虽然用很少的钱可以买很多，往往这时候，也表示我们的农民处在生活黑暗的深渊，使生长在农家的我，忍不住有一种悲情。

正这样想着，孩子突然对我说："爸爸，你觉不觉得住在旗山很好？"

"怎么说？"

"因为像木瓜、芒果、莲雾、山樱桃都是免费的呀。"孩子的这句话有如撞钟，使我的心嗡嗡作响。

夜里，把青木瓜头切开，去籽，塞进上好的冻顶乌龙茶，冲了茶，倒出来，乌龙茶中有木瓜的甜味与芳香，这是在乡下新学会的泡茶法，听说可以治百病。百病不知能不能治，但今天黄昏时的热恼倒是治好了。

　　生命中虽有许多苦难，我们也要学会好好活在眼前，止息热恼的心，不做无谓的心灵投射，喝木瓜茶，我觉得茶也很好，木瓜也很好。

　　燠热的夏日其实也很好，每一朵紫茉莉开放时，都有夏天夕阳的芳香。

寒梅着花未？

终于过了三十岁生日。那一天，我独自开车到台北近郊的八里乡去。

八里乡有一个临着海口的弯道，在冬日的雾气里美丽而古典。右边海的湛蓝在东北季风的吹袭下，浪花用力拍击着岩岸，发出崩天裂云的"哗哗"声；左边的山壁郁郁葱葱地长出各色花草。人在其中情绪十分复杂，山给我们的壮怀与海给我们的远志在抬眼眺望的时刻，交织成一幅充满梦想的视景。

八里的海湾是我常去的地方，那里几乎没有人迹，只偶尔呼啸而过几辆疾驰的货车，让人蓦地觉到人的脚迹真是无远弗届。这个地方在秋天的时候常常有孤鹰出入，在天空中缓缓盘旋，运气好的话会看到飞翔很久的鹰突然落脚在山顶的枝丫上，睁着巨眼遥望海口，顺着海势而去，也许可以看到尽处的蓝天吧！

渔船也是美的，它是生活与搏斗得来的美。从高处看，它顺着浪头在海中一起一落，一起一落，连渔民弯腰捕鱼的姿影都清晰可见。我是经常想到渔民辛苦的人，可是想到他们每天在波涛大浪中涌动的生活，应该也会油然兴起宇宙苍茫浩大的情思吧！

八里最美的还不是那个海湾，而是到八里的路上有一段种了许多杜鹃花，有红、白、紫，生得零乱错综，不像是人有意种上去的。杜鹃正好在山道的临沿，每次我路过时总是把车速放慢，看早春的杜鹃在空静的山中绽放。杜鹃是有色无香的花，可是不知道为什么，车子经过时会从车窗飘进来一阵淡淡的香气。原来，目见的美色也会刺激我们的嗅觉，好像三十年往事一幕幕浮现时，竟能嗅闻出当时的味道一般。

这一次我去八里，路经那一段杜鹃花道，杜鹃已经开得很盛，有许多刚凋谢的花铺在马路上，鲜新的颜色还未褪去。车子的风过，花魂就向两旁溅飞起来，到远一点的地方才落下，逝去的花有逝去的美，被惊起的花魂也像蝴蝶一样有特别的姿势。

长在枝上的杜鹃虽好看，但总觉得拥挤。它们抢着在春天来时开成枝头第一株，于是我们感觉杜鹃花不是一朵朵，而是一群群，等到它们落了散居在地面，才看清原来每一朵都有不同的面貌。

对我而言，往事也如是。

处在进行的时刻，很难把每一件事检点出来，看出它的前因后果，因为每一件往事都牵连着另一件，交织成一片未曾消逝。等往事经过了，我随手一捞，竟像谢去的杜鹃，每一段都能整理出一个完整的面貌，有许多颜色还清新如昔。

我走在八里海边上，仰起头来散步，想起自己过去三十年的生命历程，有一种感觉，好像一篇已经印刷出版的文章——里面大部分是畅顺的，可是有许多地方分段分错了，还有许多地方逗点和句号摆错了，想修改重新来过，已经无能为力了。

快黄昏的时候，海上突然下起雨来。

我看着海面上的雨线一直向海岸逼近，才一晃眼，雨已经逼到身侧，愈下愈大。很快，我就被淋湿了，想起年少时代喜欢下雨，这时淋到雨竟有一些无可奈何的心境。

回程的时候，路过杜鹃花道，本来在路上的花魂被雨淋过，被车碾过，都成为五颜六色的尘泥，贴在地上。

我下了车，在微雨的黄昏中看那些花，不禁看得痴了。花儿有知，知道年年春天的兴谢，知道美丽的盛放后就是满地的尘泥，不晓得会有何感叹？

到家的时候已是黑夜了。

妻子与朋友为我准备了生日盛宴，人声笑语正从院落中热闹地传出来，我看到院子里的梅花还开着，不觉心情一松——有谢了的花，总有新的花要开起。

然而，人过了而立之年，如果是一株寒梅，是不是到开花结实的时候了呢？

柔软的耕耘

童年时代，家里务农，种了许多作物，不管是要种什么，父亲带我们做的第一件事情就是翻松土地。

如果是种稻子或甘蔗，就用牛犁，一行一行地把土地翻过来，再翻过去，最少要把两尺深的硬土整个松过一遍。父亲的说法是："土地是有地力的，种过的土地表层已经耗去地力，所以要把有地力的沙土，从深的地方翻出来。而且，僵硬的土地是什么作物也不能种植的，柔软的土地才是有用的土地。"

如果是尚未种过的土地，就要用锄头松土，因为怕牛犁损坏了。先要把地上的杂草拔除，然后一锄一锄地掘下去，掘起来的土中夹着石头，要把石头拾到挑篮里。这些石头被挑到田畔去做水圳，以利灌溉和排水，并保护土地。

第一次耕种的土地要掘到四尺深，工作是非常繁剧的。

"为什么要掘这么深？"有一次我问父亲。

他说："不管是种什么作物，根是最要紧的，根长得深，长得牢固，作物的生长就没有问题。要根长得深和牢固，就要把石头和野草的根彻底地除去，要使土地松软。土地若是不松软，以后撒再多肥料也没有用呀!"

童年松土的记忆深埋在我的心里,知道强根固本的重要,但若没有柔软的土地,强根固本也就成为妄谈。人也是和土地一样,要先把心地松软了,一切菩提、智慧、慈悲,以及好的良善的品性,才有可能长得好。即使是年年长好作物的农田,也要每年搓草、松土,才能种新的作物。

因此,一切正面的品德,最基础和根本的就是有一颗柔软的心。

柔软心在佛教的经典里常被提到,例如把十地菩萨的第五地称为"柔软地"。如来常教我们要有柔软的心、柔软的行为、柔软的语言;要柔顺、柔法、柔和忍辱、柔和质直。

例如在《法华经》里,佛就说柔和忍辱是如来的心,如果一个人有柔和忍辱的心,就可以防止一切嗔怒的毒害,如衣服可以防止寒热一样。佛说:"如来衣者,柔和忍辱心是。""诸有修功德,柔和质直者,则皆见我身,在此而说法。"

例如在《大集经》里,佛说:"于众生中常柔软语故,得梵音相。"因而把如来温和柔软的声音,称为清净殊妙之相。

什么是柔软心呢?就是不执着、不染杂、不僵化、能出污泥而不染的心。是指慧心柔软的人,能随顺真理,既能随顺人的本性不相违逆,又能与实相之理不相乖违。所以在《十住毗婆沙论》里说:"柔软心者,谓广略止观相顺修行,成不二心也。譬如以水取影,清静相资而成就也。"那么,柔软心也可以说是不二的心,不分别的心,清净的心。

有柔软心的人才能真正地生起道德,也才能以这种柔软使别人生起道德。贤首菩萨曾说:"柔和质直摄生德。"意思是慈悲平等、质直无伪的人，才能摄化众生进入正法。

我们都知道，佛教里以清净的莲花，作为法的象征。莲花的十德里第六德就是："柔软不涩"（《佛说除盖障菩萨所问经》），"菩萨修慈善之行，然于诸法亦无所滞碍，故体常清净，柔软细妙而不粗涩，譬如莲花体性柔软润泽。"所以，莲花也叫做"柔软花"。

据说在天界最鲜白柔软的花曼殊沙华，也叫做"柔软花"。不知道莲花与曼殊沙华是不是相同，但是把人间天上最美的花都叫做"柔软花"，可以见到其中深切的寓意。在西方净土诞生的人不也是在莲花上化生吗？可见，柔软，是独步于天上、人间、净土的。一个真正柔软心的人，在任何地方都是出入自在。传说地藏菩萨在地狱行走的时候，焚烧人的烈焰，一时之间都化成柔软美丽的红莲花来承接他的双足呀！

有柔软地才会耕耘出柔软心，不是来自印度的观念，中国本来就有。

传说老子的老师常枞要死的时候，老子去问法，请老师说出最后的教化。

常枞缓缓张开嘴巴，叫老子往嘴巴里看，问老子说："你看见什么？"

老子说："我只看见舌头。"

常枞说："牙齿还安在吗？"

老子说："牙齿都没有了。"

常枞说："这就是我给你上的最后一课。"

老子又问："而今而后，我要向谁请教？"

常枞说："你要以水为师，你可看河床的石头虽然坚硬无比，不久就被水穿成孔、流成槽了。"

说完，常枞就仙逝了。

这是中国古代讲柔软心的动人故事。常枞"以水为师"的教化可以和佛圆寂时说的"以戒为师"相互比美。以水的柔软为师，能知道天下最坚强的就是柔软；以戒的清净为师，能知道天下最有力量的是清净。

老子以水为师，说出了千古的真意："守柔曰强。""弱之胜强，柔之胜刚。""天下莫柔弱于水，而攻坚强者莫之能胜。""江海所以能为百谷王者，以其善下之。"老子是通达柔软心的真实开悟者。

柔软的水才能千回百转，或成平湖、或成瀑布、或成湍流，天下没有可以阻挡的；柔软的土地才能生机绵延，或在平原、或在奇峰、或在污泥，都能展现生命的活力；柔软的心才能超越人生世相，或处痛苦、或陷逆境、或逢艰危，都能有着宽容、感恩、谦卑、无畏的心情。

故知柔软心是觉悟、是菩提、是般若波罗蜜多，是成就一切法门的根本心，也是一切法门成就的境界。

当我们说到修行，修行就是不断地松土、除草、捡石头，使土地维持在最好的状况吧！土地如果在最好的状况，随便撒一把种子，生机就会有无限的绵延。

童年松土的时候，时常会踩到石头跌伤，锄伤自己的脚踝，被虫蚁咬肿，甚至偶遇西北雨，回家就感冒了。但只要知道那是使土地柔软所必须付出的代价，就能安于刺痛、锄伤，与感冒。

每年，在土地完全翻松的时候，我站在田岸上，看着老牛吃草，白鹭鸶在土地上嬉戏，就仿佛已看见黄金色的稻子在晨风中点头微笑，看见了油菜花嫩黄的颜彩上有彩蝶翩翩，看见了和风吹拂在翠绿的芋叶上，夕照前的晚霞横过天际……

在土地翻松那一刻，我们已看见收成的景致呀！一个人有了柔软心也如是，仿佛闻到了《法华经》说的"花果同时"的芬芳！

布袋莲

七年前我租住在木栅一间仓库改成的小木屋，木屋虽矮虽破，我却因风景无比优美而觉得饶有情趣。

每日清晨我开窗向远望去，首先看到的是种植在窗边的累累木瓜树，再往前是一棵高大的榕树，榕树下有一片栽植了蔬菜的田园和花圃，菜园与花圃围绕起来的是一个大约有半亩地的小湖，湖中不论春夏秋冬，总有房东喂养的鸭鹅在其中游嬉。

我每日在好风好景的窗口写作，疲倦了只要抬头望一望窗外，总觉得胸中顿时一片清朗。

我最喜欢的是小湖一角长满了青翠的布袋莲。布袋莲据说是一种生殖力强的低贱水生植物，有水的地方随便一丢，它就长出来了，而且长得繁茂强健。布袋莲的造型真是美，它的根部是一个圆形的球茎，绿的颜色中有许多层次，它的叶子也奇特，圆弧形地卷起，好像小孩仰着头望天空吹着小喇叭。

有时候，我会捞上几朵布袋莲放在我的书桌上，它没有土地，失去了水，往往还能绿很长一段时间，而且它的枯萎也不像一般植物，它是由绿转黄，然后慢慢干去，格外惹人怜爱。

后来，我住处附近搬来一位邻居，他养了几只羊，他的羊不知为什么喜欢吃榕树的叶子，每天他都要折下一大把榕树叶去养羊。到最后，他干脆把羊绑在榕树下，爬在树上摘叶子，才短短的几个星期，榕树叶全部被摘光了，剩下光秃秃的树枝，在野风中摇摆褪色的秃枝。

我憎恨那个放羊的中年汉子。

榕树叶吃完了，他说他的羊也爱吃布袋莲。

他特别做了一支长竹竿来捞取小湖中的布袋莲，一捞就是一大把，一大片的布袋莲没有多久就全被一群羊吃得一叶不剩。我虽几次制止他而发生争执，但是由于榕树和布袋莲都是野生，没有人种它们，它们长久以来就生长在那里，汉子一句话便把我问得哑口无言："是你种的吗？"

汉子的养羊技术并不好，他的羊不久就患病了，不久，他也搬离了那里，可是我却过了一个光秃秃的秋天，每次开窗就是一次心酸。

冬天到了，我常独自一个人在小湖边散步，看不见一朵布袋莲，也常抚摸那些被无情折断的榕树枝，连在湖中的鸭鹅也没有往日玩得那么起劲。我常在夜里寒风的敲窗声中，远望在清冷月色下已经死去的布袋莲，辛酸得想落眼泪。我想，布袋莲和榕树都在这个小湖永远地消失了。

熬过冬天，我开始在春天忙碌起来，很怕开窗，自己躲在小屋里整理未完成的稿件。

有一日，旧友来访，提议到湖边散散步。我惊讶地发现榕树不知道什么时候萌发了细小的新芽，那新芽不是一叶两叶，而是千叶万叶，凡是曾经被折断的伤口边都冒出四五叶小小的芽，使那棵几乎枯去的榕树好像披上一件缀满绿色珍珠的外套。布袋莲更奇妙了，那原有的一角都已经扑满，还向两边延伸出去，虽然每一朵都只有一寸长，更因为低矮，使它们看起来更加缠绵，深绿还没有长成，是一片翠得透明的绿色。

我对朋友说起那群羊的故事，我们竟为了布袋莲和榕树的更生，快乐得在湖边拥抱起来，为了庆祝生的胜利，当夜我们就着窗外的春光，痛饮得醉了。

那时节，我只知道为榕树和布袋莲的新生而高兴，因为那一段日子活得太幸福了，完全不知道它有什么意义。

经过几年的沧桑创痛，我觉得情感和岁月都是磨人的，常把自己想成是一棵榕树，或是一片布袋莲，情感和岁月正牧着一群恶羊，一口一口地啃吃着我们原本翠绿活泼的心灵。有的人在这些啃吃中枯死了，有的人失败了，枯死和失败原是必有的事，问题是，东风是不是再来，是不是能自破裂的伤口边长出更多的新芽。

当然，伤口的旧痕是不可能完全复合的，被吃掉的布袋莲也不可能更生，不能复合不表示不能痊愈，不能更生不表示不能新生，任何情感和岁月的挫败，总有可以排解的办法吧！

我翻开七年前的日记，那一天酒醉后，我歪歪斜斜地写了两句话：

> 要为重活的高兴，
> 不要为死去的忧伤。

姑婆叶随想

在三峡的山上散步，发现满山的姑婆叶，显得非常翠绿肥满，我便离开山间小路。步入草丛间姑婆树蔓生的林里，意外看见姑婆树一串一串艳红得要滴出水的种子，我随手摘取几串成熟的姑婆子，带回家来，种在一些空花盆里。

这几年来，我把顶楼的阳台整理成一个小小的花圃，但是我很少去花市里买花。有一些是从朋友家移种而来，有一些是从乡下山里采来的种子，特别是一些我幼年在乡间常见的花草。像我种了狗尾草、酢浆草、一些蕨类，甚至也种了几丛野芒草，都是别人欲除之而后快的野草。我有时也难以了解为什么自己当时会种这些草，有的还种在陶艺名家昂贵的花盆里。

奇怪的是，不管多么卑微的草，只要我们找一个好的花盆，有心去照料，它就会自然展出内在深处不为人见的美质。由于我们在种植时没有得失的心，使我们与花草都得到舒展与自在，蓦然回首，常看到一些惊人的美。

我有一些花草是用种子种的，像我种了好几盆黄的、白的、红的莲蕉花，是从故乡旗山中山公园采到的莲蕉花种子，撒在花盆中，就长得异乎寻常地茂盛。夏天的时候长到有一人高，春末时节，莲蕉大量结子，我就把它送给喜欢的朋友。

我也种了几棵百香果，是在屏东时，朋友从园子里采下来送我的。我把它种在书房的窗下，两年下来，早就爬满了书房的窗户，藤蔓交缠，绵绵密密。夏夜时，感觉凉风就从里面生起，只可惜种在窗下的百香果不结果，可能是蜜蜂蝴蝶不能飞到的缘故。

还有几盆是紫丁香，说是紫丁香也不确实，因为有几株是粉红，几株是白。这丁香花夜间有一种乳香，是我最欢喜的香气。它在乡下叫做"煮饭花"，是随处可见、俗贱的花。我种的几盆，种子是在美浓一个朋友家鸡棚边采来的。他送我种子时还说："这从鸡屎里长出的紫丁香种子特别肥大，一定能开出很美丽的花。"

另外有两盆特别有纪念价值的野花。一盆是含羞草，那是前年清明返乡扫墓，在父亲坟上发现的。我们动手清除坟上的蔓草时，发现长了几株含羞草。正在拔除时，看到含羞草的荚果里有许多种子。我采了几个放在口袋，回来后就种了它。事隔一年，那含羞草开出许多粉红色的球状花朵，真是美极了。我每次浇水，看见含羞草敏感地合起掌心，就默默地思念着我的父亲，希望来世还能与他相会。

一盆是落地生根，那是去年有一次在阳明山的永明寺独坐到黄昏下山，路边有人在盖屋子，铲了一堆草在道旁，我眼尖看到一串铃铛般美丽的花也被铲倒，捡起来，发现它的茎叶零落，根茎断成三节，叶子五片。我全捡起来，埋种在花盆里。落地生根那强烈而奋进的生命真是难以思议，根茎与叶子全部存活，没有一块例外。有的叶子，一片就长成五六株，而且在今年株株都开花了，黄昏时分，好风一吹，仿佛许多串无声的风铃。

落地生根台湾话叫"钟仔花"，学名叫"铃铛花"，都是很美的名字。我每次看到那一字排开的落地生根，就觉得人的生命力与创造力应该像它一样，即使在恶劣的环境中被铲成八节，节节都是完整的，里面都有一个优美的、风格宛然的自我。

我最得意的是在三峡山上采的姑婆树了。它的生命力与落地生根不相上下，而它成长的速度也极惊人。我总觉得自己对姑婆树有一种特别的感情，记得很小很小的时候，第一次听到大人说"姑婆叶"，就有一种永远不忘的惊奇。曾经问过许多大人，那长得像野芋头叶子的树为何叫"姑婆树"，没有一个人知道。

我有一位三姑妈，家里的后园就长了难以计算的姑婆树。她极擅长做馃食甜点，年节时做了很多，会叫表哥送一蒸笼来，笼盖掀起时的景象如今还深印在我的脑海：各种馃食整齐地放在或圆或方的姑婆叶上，虽被猛火蒸过，姑婆叶仍翠绿如在树上。三姑妈养了许多猪，每次杀猪会央人带猪肉来，猪肉在姑婆叶里扎得密实，外面用一条干草束成十字，真是好看极了。

有时我会这样想：那姑婆树会不会是特别为三姑妈而活在世上、而命名的呢?

从前乡下的姑婆叶用途很多，市场里的小贩都用它包东西，又卫生又美观，也不至于破坏环境，比起现在用塑胶袋要卫生科学得多。

乡下的孩子上厕所用不着纸，在通往茅坑的路上随手撕下一片姑婆叶，就是最便利的纸了。一直到我离开乡下的前几年，我们都是这样解决的。下雨天时也用不到伞，连茎折下的姑婆叶是天然好用的伞。夏天时的扇子，折半片姑婆叶也就是了。野外烤鸡、烤番薯，用姑婆叶包好埋在热土块里，有特别的清香……

早年的乡下市场，每天清晨都有住在山上的人割两担姑婆叶挑来买，往往不到一盏茶的工夫，就全卖完了。

有一次看五十年代的乡土电影，一位主妇去市场买猪肉，竟用红白塑胶袋提回家，就觉得导演未免太粗心了。当时台湾根本没有红白塑胶袋，如果用姑婆叶包着，稻草束好，气氛就好得多了。

不只是气氛，台湾人倘使还使用姑婆叶，环境也不会败坏到如今这个样子。

姑婆叶在时代里逐渐被遗忘了，正如许多土生在台湾乡间的花草，并不能留下什么，只留下一些温情的回忆。

我看着花盆里那日渐壮大的姑婆树，想到每个时代的一些特质，一些因缘与偶然。植物事实上是表达了一个人的某种心情，不管是姑婆叶、莲蕉花、煮饭花、钟仔花、含羞草，我都觉察到自己是一个平凡而念旧的人。我喜欢这些闲杂花草远胜过我对什么郁金香、姬百合、牡丹花的向往。它让我感觉到，自己一直走在乡间的小路，许多充满草香的景象犹未远去。

在姑婆树高大的身影下，我种了一种在松山路天桥上捡到的植物，名叫"婴儿的眼泪"，想到许多宗教都说唯有心肠如赤子，才可以进天堂。小孩子纯真，没有偏见，没有知识，也不判断，他只有本然的样子。或者在小孩子清晰的眼中，我们会感觉那就像宇宙的某一株花、某一片叶子，他们的眼泪就是清晨叶片上的一滴露珠。

盛夏的凤凰花

返回故乡旗山小住，特别到我曾就读的旗山中学去，看看这曾孕育我，使我生起作家之梦的地方。

旗山中学现在已经改名为"旗山国中"，整个建筑和规模还是二十几年前的样子，只是校舍显得更老旧，而种在学校里的莲雾树、椰子树、凤凰树长得比以前高大了。

学校外面变化比较大，原本围绕着校区的是郁郁苍苍的香蕉树，现在已经一株不剩了，完全被贩厝与别墅所占据，篮球场边则盖了一排四层楼的建筑。原本在校园外围的槟榔树也被铲除了，长着光秃秃的野草，附近的人告诉我，那些都是被废耕的土地，还有几块是建筑用地，马上就开工了。

看到学校附近的绿树大量减少，使我感到失落，幸好在司令台附近几棵高大的凤凰树还是老样子，盛开着蝴蝶一样的红花，满地的落英。

我在中学的记忆，最深的就是这几棵凤凰树，听说它们是我尚未出生时就这样高大了。从前，每天放学的时候，我会到学校的角落去拉单杠，如果有伴，就去打篮球，打累了我便跑到凤凰树下，靠着树，坐在绿得要滴出油的草地上休息。

坐在那里的时候，不知道为什么会有一个内在的声音在呼唤着，将来长大要当作家，或者诗人。如果当不成，就做画家；再做不成，就做电影导演；再不成，最后一个志愿是去当记者。我想，这些志愿在二三十年前的乡下学生里是很不寻常的，原因在于我是那么喜欢写作、画画和看电影，至于记者，是因为可以跑来跑去，对于初中时没有离开过家乡的我，有很强大的吸引力。

在当时，我的父亲根本还不知道人可以靠写文章、绘画、拍电影来生活。他希望我们好好读书，以便能不再依赖农耕生活。他认为我们的理想职业，是将来回到乡下教书，或做邮局、电信局的职员，当然能在农会或合作社、青果社上班也很好，至于像医生、商人那种很赚钱的行业，他根本不存幻想，他觉得我们不是那种根器。

对于我每天的写作、绘画，赶着到旗山戏院或仙堂戏院去捡戏尾仔的行径，他很不赞成，不过他的农地已经够他忙了，也没有时间管我。

我那时候常把喜欢的作家或诗人的作品，密密麻麻地写在桌子上，有一回被老师发现，还以为我是为了作弊，后来才发现那上面有郑愁予、周梦蝶、余光中、洛夫、司马中原、梦戈、痖弦、朱西宁、萧白、罗兰等等名字。当然我做梦也没想到二十年后，会一一和这些作家相识，大部分还成为朋友。

为了当作家，我每天去找书来看，到图书馆借阅世界名著，一段一段重抄里面感人与精彩的章节，那样渴望着进入创作心灵，使我感受到生命的深刻与开展；有时读到感人的作品，会开心大笑或黯然流泪，因此我在读中学的时候便是师友眼中哭笑无端的人。我也常常想着：如果有一天能够写作，不知道是幸福得何等的事，当然，后来真的从事写作，体会到写作的不易是很多年以后的事了。

坐在盛开的凤凰树下所产生的梦想，有一些实现了，像我后来去读电影，是由于对导演的梦从未忘情；有近十年的时间专心于绘画，则是对美术追求的愿望；做了十年的新闻工作，完成了到处去旅行探访的心愿。也由于这些累积，我一步一步地走向写作之路。

关于做一个作家，我最感谢的是父母亲，他们从未对我苛求，使我保有了更大的想象空间，也特别感谢我的大姐，当时她在大学中文系读书，寒暑假带回来的文学书籍，便是我的启蒙老师。

在凤凰树下，我想着这些少年的往事，然后我站在升旗台往下俯望，仿佛也看见了我从前升旗所站的位子，世界原是如此辽阔，多情而动人；心灵则是深邃、广大，有无限的空间；对一位生在乡下的平凡少年，光是这样想，就好像装了两只坚强的翅膀。

眼前这宁静的校园是我的母校呀！当我们想到母校，某些爱、关怀，还有属于凤凰花的意象就触动我们，好像想到我们的母亲。

往事只能回味

在乡下走过一家冰果室，突然从里面传来一个非常熟悉的声音：

> 春风又吹红了花蕊，
> 你已经也添了新岁，
> 你就要变心，
> 像时光难倒回，
> 我只有在梦里相依偎。

原来是一首老歌《往事只能回味》，是一位很甜美的歌星尤雅唱的。听到这首歌，使我站在冰果室的门口呆住了，仿佛刹那间沦入了时光之河。

在我读高中的时候，《往事只能回味》是全台湾最流行的歌，我们的学校在台南郊区荒僻的野外，附近没有几户人家，只有零星的杂货铺、面店、冰果室做学生的生意。记得学校北边围墙外的冰果室，几乎是天一亮就开始播放《往事只能回味》，循环往复，永无休止，一直到吃中饭时才歇息，等到我们午睡方憩，又开始"往事只能回味"了。

冰果室的老板娘是典型的迟暮美人，脸上总涂着厚厚的脂粉，听说从前是在特种营业退下来的，声音早已沙哑，可是她很偏爱这首《往事只能回味》，刨冰时也唱，洗碗时也唱，而且日日持续不断，有一些爱开玩笑的同学就给她一个绰号叫"往事只能回味"，于是出门时便有了这样的语言："我要去往事只能回味那里吃冰。""喔！请回味帮我做一碗红豆冰，带回来。"

由于"往事只能回味"那样爱唱《往事只能回味》，使这首歌几乎成为我们学校的校歌，老师同学没有不会唱的。那时正是兵荒马乱的高中三年级，有时唱起这首歌来真是百感交集，一点点欢欣，一点点感伤，以及许许多多的荒谬之感。记得第一次回去开高中同学会，有的人在读大学，有的人落榜了，情绪飘忽起伏，突然有一个同学说："我们一起来唱《往事只能回味》吧！"一时之间，情绪立刻统一，又回到少年一样，每个人的少年都有值得回味之处吧！

一年多前，遇到现在旅居香港的女同学，她颇感慨地说："哎！我们高中三年同学，在学校里竟没有说过一句话呀！"是的，我们的青春年华都葬送在读书考大学了，男女之间还有什么闲话呢？我说："你还记得'往事只能回味'吗？"她笑了："记得，记得，记得她的歌和她的人。"虽然，我们高中三年未说过一句话，十几年没通音问，也好像立刻成了好友，只因为有过一段共同的往事。

想起这些，走出乡下的小店，自己轻轻地唱了起来：

> 时光已逝永不回，
> 往事只能回味，
> 忆童年时竹马青梅，
> 两小无猜日夜相随……

唱着唱着，感觉时光已流走好远，只剩下冰果店老板娘那姹紫嫣红的笑脸，记得她也爱唱另一首《微笑地送你走》，里面有这样的句子："我只有这样微笑地送你走，把泪流在心头。"对于无情的时光，飞翔的往事，我们没有更好的态度，只有微笑地送走了。

在梦的远方

有时候回想起来，我母亲对我们的期待，并不像父亲那么明显而长远。小时候我的身体差、毛病多，母亲对我的期望大概只有一个，就是祈求我的健康，为了让我平安长大，母亲常背着我走很远的路去看医生，所以我童年时代对母亲留下的第一印象，就是趴在她的背上，去看医生。

我不只是身体差，还常常发生意外。三岁的时候，我偷喝汽水，没想到汽水瓶里装的是"番仔油"（夜里点灯用的臭油），喝了一口顿时两眼翻白，口吐白沫，昏了过去。母亲立即抱着我以跑一百公尺的速度到街上去找医生。那天是大年初二，医生全休假去了，母亲急得满眼泪，却毫无办法。

"好不容易在最后一家医生馆找到医生，他打了两个生鸡蛋给你吞下去，又有了呼吸，眼睛也张开了，直到你张开眼睛，我也在医院昏过去了。"母亲一直到现在，每次提到我喝番仔油，还心有余悸，好像捡回一个儿子。听说那一天她为了抱我看医生，跑了将近十公里。

四岁那一年，我从桌子上跳下时跌倒，撞到母亲的缝纫机铁脚，后脑壳整个撞裂了，母亲正在厨房里煮饭。我自己挣扎站起来叫母亲，母亲从厨房跑出来。

"那时，你从头到脚，全身是血，我看到第一眼，浮起心头的一个念头是：这个团仔无救了。幸好你爸爸在家，坐他的脚踏车去医院，我抱你坐在后座，一手捏住脖子上的血管，到医院时我也全身是血，立即推进手术房，推出来时你叫了一声妈妈，呀！呀！我的团仔活了，我的团仔回来了……我那时才感谢得流下泪来。"母亲说这段时，喜欢把我的头发撩起，看我的耳后，那里有一道二十公分长的疤痕，像蜈蚣盘踞着，听说我摔了那一次，聪明了不少。

由于我体弱，母亲只要听到有什么补药或草药吃了可以使孩子的身体好，就会不远千里去求药方，抓药来给我补身体，可能补得太厉害，我六岁的时候竟得了疝气，时常痛得在地上打滚，哭得死去活来。

"那一阵子，只要听说哪里有先生、有好药，都要跑去看，足足看了两年，什么医生都看过，什么药都吃了，就是好不了。有一天有一个你爸爸的朋友来，说开刀可以治疝气，虽然我们对西医没信心，还是送去开刀了，开一刀，一个星期就好了。早知道这样，两年前送你去开刀，不必吃那么多苦。"母亲说吃那么多苦，当然是指我而言，因为她们那时代的妈妈，是从来不会想到自己的苦。

过了一年，我的大弟得小儿麻痹，一星期就过世了，这对母亲是个严重的打击，由于我和大弟年龄最近，她差不多把所有的爱都转到我身上，对我的照顾可以说是无微不至，并且在那几年，对我特别溺爱。

例如，那时候家里穷，吃鸡蛋不像现在的小孩可以吃一个，而是一个鸡蛋要切成"四洲"（就是四片）。母亲切白煮鸡蛋有特别方法，她不用刀子，而是用车衣服的白棉线，往往可以切到四片同样大，然后像宝贝一样分给我们，每次吃鸡蛋，她常背地里多给我一片。有时候很不容易吃苹果，一个苹果切十二片，她也会给我两片。如果有斩鸡，她总会留一碗鸡汤给我。

可能是母亲的照顾周到，我的身体竟奇迹似的好起来，变得非常健康，常常两三年都不生病，功课也变得十分好，很少读到第二名，我母亲常说："你小时候读了第二名，自己就跑到香蕉园躲起来哭，要哭到天黑才回家，真是死脑筋，第二名不是很好了吗？"

但身体好、功课好，母亲并不是就没有烦恼，那时我个性古怪，很少和别的小朋友玩在一起，都是自己一个人玩。有时自己玩一整天，自言自语，即使是玩杀刀，也时常一人扮两角，一正一邪互相对打，而且常不小心让匪徒打败了警察，然后自己蹲在田岸上哭。幸好那时候心理医生没现在发达，否则我一定早被送去了。

"那时庄稼囝仔很少像你这样独来独往的，满脑子不知在想什么，有一次我看你坐在田岸上发呆，我就坐在后面看你，那样看了一下午，后来我忍不住流泪，心想：这个孤怪囝仔，长大以后不知要给我们变出什么出头，就是这个念头也让我伤心不已。后来天黑，你从外面回来，我问你：'你一个人坐在田岸上想什么？'你说：'我在等煮饭花开，等到花开我就回来了。'这真奇怪，我养一手孩子，从来没有一个坐着等花开的。"母亲回忆着我童年的一个片段，煮饭花就是紫茉莉，总是在黄昏时盛开，我第一次听到它是黄昏开时不相信，就坐一下午等它开。

不过，母亲的担心没有太久，因为不久有一个江湖术士到我们镇上，母亲先拿大弟的八字给他排，他一排完就说："这个孩子已经不在世上了，可惜是个大富大贵的命，如果给一个有权势的人做儿子，就不会夭折了。"母亲听了大为佩服，就拿我的八字去算，算命的说："这孩子小时候有点怪，不过，长大会做官，至少做到'省议员'。"母亲听了大为安心，当时在乡下做个"省议员"是很了不起的事，从此她对我的古怪不再介意。遇到有人对她说我个性怪异，她总是说："小时候怪一点没什么要紧。"

偏偏在这个时候，我恢复正常。小学五六年级我交了好多好多朋友，每天和朋友混在一起，玩一般孩子的游戏，母亲反而担心："哎呀！这个孩子做官无望了。"

我十五岁就离家到外地读书了，母亲因为会晕车，很少到我住的学校看我，我们见面的机会就少了，她常说："出去好像丢掉，回来像是捡到。"但每次我回家，她总是唯恐我在外地受苦，拼命给我吃，然后在我的背包塞满东西。我有一次回到学校，打开背包，发现里面有我们家种的香蕉、枣子；一罐奶粉、一包人参、一袋肉松；一包她炒的面茶、一串她绑的粽子，以及一罐她亲手腌渍的菠萝竹笋豆瓣酱……还有一些已经忘了。那时觉得东西多到可以开杂货店。

那时我住在学校，每次回家返回宿舍，和我住一起的同学都说是小过年，因为母亲给我准备的东西，我一个人根本吃不完。一直到现在，我母亲还是这样，我一回家，她就把什么东西都塞进我的包包，就好像台北闹饥荒，什么都买不到一样。有一次我回到台北，发现包包特别重，打开一看，原来母亲在里面放了八罐汽水。我打电话给她，问她放那么多汽水做什么，她说："我要给你们在飞机上喝呀！"

高中毕业后，我离家愈来愈远，每次回家要出来搭车，母亲一定放下手边的工作，陪我去搭车，抢着帮我付车钱，仿佛我还是个三岁的孩子。车子要开的时候，母亲都会倚在车站的栏杆向我挥手，那时我总会看见她眼中有泪光，看了令人心碎。

要写我的母亲是写不完的，我们家五个兄弟姊妹，只有大哥侍奉母亲，其他的都高飞远扬了，但一想到母亲，好像她就站在我们身边。

这一世我觉得没有白来，因为会见了母亲，我如今想起母亲的种种因缘，也想到小时候她说的一个故事：

有两个朋友，一个叫阿呆，一个叫阿土，他们一起去旅行。

有一天来到海边，看到海中有一个岛，他们一起看着那座岛，因疲累而睡着了。夜里阿土做了一个梦，梦见对岸的岛上住了一位大富翁，在富翁的院子里有一株白茶花，白茶花树根下有一坛黄金，然后阿土的梦就醒了。

第二天，阿土把梦告诉阿呆，说完后叹了一口气说："可惜只是个梦！"

阿呆听了信以为真，说："可不可以把你的梦卖给我？"阿土高兴极了，就把梦的权利卖给阿呆。

阿呆买到梦以后，就往那个岛出发，阿土卖了梦就回家了。

到了岛上，阿呆发现果然住了一个大富翁，富翁的院子里果然种了许多茶树，他高兴极了，就留下做富翁的佣人，做了一年，只为了等待院子的茶花开。

第二年春天，茶花开了，可惜，所有的茶花都是红色，没有一株是白茶花。阿呆就在富翁家住了下来，等待一年又一年，许多年过去了，有一年春天，院子终于开出一棵白茶花。阿呆在白茶花树根掘下去，果然掘出一坛黄金，第二天他辞工回到故乡，成为故乡最富有的人。

卖了梦的阿土还是个穷光蛋。

这是一个日本童话，母亲常说："有很多梦是遥不可及的，但只要坚持，就可能实现。"她自己是个保守传统的乡村妇女，和一般乡村妇女没有两样，不过她鼓励我们要有梦想，并且懂得坚持，光是这一点，使我后来成为作家。

作家可能没有做官好，但对母亲是个全新的体验，成为作家的母亲，她在对乡人谈起我时，为我小时候的多灾多难、古灵精怪全找到了答案。

片片催零落

从小，我就是个沉默但好奇的孩子，有什么好玩的事总是瞒着父母奔跑去看，譬如听说哪里捕到一条五脚的乌龟，我是冒着被人踩扁的危险，也要钻到人丛中见识见识；有时候听到什么地方卖膏药的人会"杀人种瓜"的法术，我马上就背起书包，课也不上了，跑去一探究竟。爸爸妈妈常常找不到我，因为他们找我去买酱油的时候，说不定我正躲在公园的树上看情侣们的亲密行为。

我的这种个性，使我仿佛比同年纪的同学来得早熟一些。我小时候朋友不多，有的只是一起掏鸟巢、抓泥鳅、放风筝的那一伙，还有一起去赶布袋戏、歌仔戏、捡戏尾仔的那一票，谈不上有几个知心的朋友。我总觉得自己思想比他们高深一些，见识比他们广博一些。

小学四年级的时候，我们家附近一位大户人家要捡骨换坟，几天前我就在大人们的口中暗记下日期和地点。时间到的那一天，我背起书包装出若无其事地去上学，走到一半我就把书包埋在香蕉园中，折往坟场的方向去看热闹。

在我们乡下，捡骨是一件不小的事，要先请风水师来看风水，选定黄道吉日，做一场浩浩荡荡的法事，然后挖坟、开棺、捡骨，最后才重新觅地安葬。我到坟场的时候，已经聚集了很多严肃着面孔的大人，为了怕被发现，我就躲在山上的高处静静观看。

那时候棺材已经被挖出来了，正正摆在坟坑旁边画线的位子里，我看着那一个红漆已经剥落得差不多的棺木，原来在喃喃私语的大人们一下子安静下来，等待道士做完法事的开棺典礼。终于，道士在地上喷出了最后一口水，开棺的时刻到了。

咿呀一声，棺木的盖子被两个大汉用力掀开了，哗，山下传来一声喊叫到一半突然刹住的惊呼声。我张眼一看，大吃一惊，原来那被掘出来的老婆婆的容颜竟还像活着一般，她灰白的头发梳理得整整齐齐，灰白的脸容有一层缩皱的皮，身上穿的是暗蓝色的袍子，滚着细细的红边，颜色还鲜艳得如同新缝一般。所有的人停下了一切声息，我则是真的被吓呆了。那时清晨的瑞光大道，正满铺在坟地里，现出一个诡异精灵的世界。

正在我出神的当儿，听到有人呼喝我的名字，猛一回头，突然看到我四年级的级任老师站在背后的山下喊我，他一定是在同学的告密下来逮捕我了。我几乎是反射地跳了起来，往前奔逃而去。边跑我还边回头看那一位棺中的老妇，眼前的景象更是骇异，老妇的头发和面皮都褪落了，只剩下一颗光秃秃的头颅；她的衣裳也碎成一片一片围绕在棺里的四周，仅剩摆得端端正正的一副白骨；我揉揉眼睛再看，还是那个景象。从我回头看到老师，再转头看老妇之间不到一分钟的时间，竟是天旋地转，人天各异。

回家后，我病了两个星期，不省人事，脑中一片空白，只是老妇瞬间的变化不断地浮出来。最后还是我的级任老师来探望我，解释了半天的氧化作用，我的心情才平静，病情也开始有了起色。可是，这件事却使我对"不朽"的看法留下一个深刻的疑点，长得越大，那疑点竟如泼墨一般，一天比一天涨大。

后来我读到了佛家有所谓"白骨观"的说法，人的皮囊真是脆弱无比，阳光一射，野风一吹，马上就化去了，只留下一堆白骨。有时翠竹尽是真如，有时黄花绝非般若，到终了，什么都不是了。寒山有诗说："万境俱泯迹，方见本来人。"恐怕，白骨才是本来的人吧。

人既是这样脆弱，一片片地凋落着，从人而来的情爱、苦痛、怨憎、喜乐、嗔怒，是多么地无告呢？当我们觅寻的时候，是茫茫大千，尽十万世界觅一人为伴不得；当我们不觅的时候，则又是草漫漫的、花香香的、阳光软软的，到处都有好风漫上来。

这实在是个千古的谜题，风月不可解，古柏不可解，连三更初夜历历孤明的寒星也不可解。

我最喜爱的一则佛经的故事说不定可解：

梵志拿了两株花要供佛。

佛曰："放下。"

梵志放下两手中的花。

佛更曰："放下。"

梵志说："两手皆空，更放下什么？"

佛曰："你应当放下外六尘，内六根，中六识，一时拾却。到了没有可以拾的境界，也就是你免去生死之别的境界。"

长命菜

每年在围炉吃年夜饭的时候，妈妈都会准备一盘"长命菜"，长命菜是南部乡下的习俗，几乎每一家都会准备。

"长命菜"并不是什么特别的菜，只是普通的菠菜，由于是农民为过年习俗特别种植的，又和一般菠菜不一样。大约是菠菜长到八寸至一尺长时采摘，采的时候要连根拔起，不论根、茎、叶都不可折断。

采好后洗净，一束束摆在菜摊，绿色的茎叶配着艳红的根，非常好看。

家里还种菜的时候，妈妈会在除夕当天的清晨到菜园去采菠菜，每次都是小心翼翼，生怕折断了菠菜。后来家里不种菜了，就会到市场去选特别嫩的菠菜来做长命菜。

长命菜的做法最简单了，就是把菠菜放在水里烫熟，一棵棵摊平摆在盘中（不可弯折），每次看到煮熟的菠菜，都使我想起李翰祥电影《乾隆下江南》里，乾隆皇帝到江南吃到一道名菜"红嘴绿鹦哥"，认为是人间至极的美味，其实只是连着根的菠菜罢了。

"不可咬断，要连根一起吞下去！"要吃长命菜前，爸爸都会煞有介事地叮咛我们，并且先示范表演一番。

我们都会信以为真，然而小孩子喉咙细，吞起一棵菠菜也不是那么容易的，好不容易把一棵长命菜吞进腹中，耳畔就会响起一片鼓励的掌声，等到所有的人把长命菜吞完，年夜饭才算正式开始。

长命菜是乡下平凡百姓对生命最大的祝愿，希望新的一年有一个好的开始，并且能长命百岁，生命纵使有苦难的时刻，因为有这样的祝愿，仿佛幸福也在不远之前。

当然，吃长命菜不会使人长命百岁，从小逼迫我们吃长命菜的父亲，早就走完人生的旅程；与我们排队吃长命菜的堂兄弟姊妹，也有四位离开了人世；其他的兄弟姊妹也因为散居世界各地而星云四散了。

长命菜不长命，团圆饭不团圆，这并不是什么悲哀的事，而是人间的真情实景。我们每年还是渴望着团圆，笑闹着吃长命菜，因为那是一种"希望工程"，希望我们能珍惜今生的缘会，希望我们都能活得更长命，来和亲爱的家人相守。

台湾歌曲《走马灯》里有这样几句："星光月光转无停，人生呀人生，冷暖世情多演变，人生宛如走马灯。"每次到过年就会想到这首歌，想到星月的流转，年华的短促；想起历尽沧桑的情景，悲欢离合转不停……这时候就会觉得只要能珍惜着今年今夜、此情此景，便是生命的幸福了。

儿时吃长命菜那种欢欣鼓舞的景象，常常宛如生命的掌声，推着我们前进。

只要我们的爱与幸福可以绵延，使欢喜充满在每一刻，那就是生命最大的祝愿了。

因此，不管我在天涯海角，每年过年的时候，我都会亲自准备一盘长命菜，想起父亲，还有一些难以忘怀的生命的痕迹！

报岁兰

　　花市排出了一长排的报岁兰，一小部分正在盛开，大部分是结着花苞，等待年风一吹，同时开放。

　　报岁兰有一种极特别的香气，那香轻轻细细的，但能在空气中流荡很久，所以在乡下有一个比较土的名字"香水兰"。因为它总是在过年的时候开，又叫做"年兰"，在乡下，"年兰"和"年柑"一样，是家家都有的。

　　童年时代，每到过年，我们祖宅的大厅里，总会摆几盆报岁兰和水仙，浅黄红的报岁兰和鲜嫩鲜白的水仙，一旦贴上红色对联，就成为一个色彩丰富的年景了。

　　乡下四合院，正厅就是祖厅，日日都要焚烧香烛，檀香的气息和报岁兰、水仙的香味混合着，就成为一种格外馨香的味道，让人沉醉。我如今想起祖厅，仿佛马上就闻到那个味道，鲜新如昔。

　　我们家的报岁兰和水仙花都是父亲亲手培植的，父亲虽是乡下平凡的农夫，但他对种植作物似乎有特殊的天生才能，只要是他想种的作物很少长不成功的。父亲在世的时候，我们家的农田经营非常多元，他种了稻子、甘蔗、香蕉、竹子、槟榔、莲雾、橘子、柠檬、番薯，乃至于青菜。中年以后，他还开辟了一个占地达四百甲的林场，对于作物的习性可以说了如指掌。

我小学六年级的时候，父亲不知从哪里知道了种花可以赚钱，在我们家的后院开建了一个广大的花园，努力地培育两种花，一种是兰花，一种是玫瑰花。那时父亲对花卉的热爱到了着迷的程度，经常看花卉的书籍到深夜，自己研究花的配种，有一年他种出了一种"黑色玫瑰"，兴奋非常，那玫瑰虽不是纯黑色，但它如深紫色的绒布，接近于黑的程度。

对于兰花，他的心得更多。我们家种兰花的竹架占地两百多坪，一盆盆兰花吊在竹架上，父亲每天下田前和下田以后都待在他的兰花园里。田地收成后的余暇，他就带着一把小铲子独自到深山去，找寻那些野生的兰花，偶有收获，总是欢喜若狂。

在爱花种花方面，我们兄弟都深爱父亲的影响，是由于幼年开始就常随父亲在花园中整理花圃的缘故。但是在记忆里，父亲从未因种花而得什么利润，倒是把兰花的幼根时常送给朋友，或者用野生兰花和朋友交换品种，我们家的报岁兰，就是他和朋友交换得来的。

父亲生前最喜欢的兰花有三种，一是报岁兰，一是素心兰，一是羊角兰。他种了不少名贵的兰花，为何独爱这三种兰花呢？记得有一次他对我说："有很多兰花很鲜艳很美，可是看久了就俗气；有一些兰花是因为少而名贵，其实没什么特色；像报岁、素心、羊角虽然颜色单纯，算是普通的兰花，可是它朴素，带一点喜气，是兰花里亲切的。"

父亲的意思仿佛是说：朴素、喜乐、亲切是人生里最可贵的特质。这些特质也是他在人生里经常表现出来的特色。

我对报岁兰的喜爱就是那时种下的。

父亲种花的动机原是为增加收入，后来却成为他最重要的消遣。父亲没有什么特别的嗜好，只是喜欢喝茶、种花、养狗，这三种嗜好一直维持到晚年，他住院的前几天还是照常去公园喝老人茶，到花圃去巡视。

中学的时候，我们家搬到新家，新家是在热闹的街上，既没有前庭，也没有后院，父亲却在四楼顶楼搭了竹架，继续种花。我最记得搬家的那几天，父亲不让工人动他的花，他亲自把花放在两轮板车上，一趟一趟拉到新家，因为他担心工人一个不小心，会把他钟爱的花折坏了。

搬家以后，父亲的生活步调并没有改变，他还是每天骑他的老爷脚踏车到田里去，每天晨昏则在屋顶平台上整理他的花圃，虽然阳台缺少地气，父亲的花卉还是种得非常地美，尤其是报岁兰，一年一年地开。

报岁兰要开的那一段时间，差不多是学校里放寒假的时候，我从小就在外求学，只是寒暑假才有时间回乡陪伴父亲。报岁兰要开的那一段日子，我几乎早晚都陪父亲整理花园，有时父子忙了半天也没说什么话，父亲会突然冒出一句："唉！报岁兰又要开了，时间真是快呀！"父亲是生性乐观的人，他极少在谈话里用感叹号，所以我每听到这里就感慨极深，好像触动了时间的某一个枢纽，使人对成长感到一种警觉。

报岁兰真是准时的一种花，好像不过年它就不开，而它一开就是一年已经过去了。新年过不久，报岁兰又在时间中凋落，这样的花，它的生命好像只有一个特定的任务，就是告诉你："年到了，时间真是快呀!"从人的一生中，无常还不是那么迫人的，可是像报岁兰，一年的开放就是一个鲜明的无常，虽然它带着朴素的颜色、喜乐的气息、亲切的花香同时来到，在过完新年的时候，还是掩不住它的惆怅。

就像父亲，他的音容笑貌时时从我的心里映现出来，我在远地想起他的时候，这种映现一如他生前的样子，可是他已经不在这个世上了。我知道，我忆念的父亲的容颜虽然相同，其实忆念的本身已经不同了，就如同老的报岁兰凋谢，新的开起，样子、香味、颜色没什么不同，其实中间已经过了整整的一年。

偶然路过花市，看到报岁兰，想到父亲种植的报岁兰，今年那些兰花一样地开，还是要摆在贴了红色春联的祖厅。唯一不同的是祖厅的神案上多了父亲的牌位，墙上多了父亲的遗照，我们失去了最敬爱的父亲。这样想时，报岁兰的颜色与香味中带着一种悲切的气息：唉! 报岁兰又开了，时间真是快呀!

无怨的风

大概是小时候养成的习惯，我一直很喜欢读台湾的农民历。虽然农民历的印刷向来十分粗糙，但我只要看到那黄色的封面，心中就会流过一股温暖的感觉。

从有记忆开始，老家祖厅的墙上就挂着一本农民历。由于经常使用的关系，它的书页都已翘起，还沾着一些手渍与油污。在农民历上方的墙是曾祖父曾祖母的画像以及祖父母的遗照，对面则贴着家族成员的重要相片，还有小孩子在学校得到的奖状，密密麻麻的。正中央的供桌则供奉着观音菩萨、妈祖娘娘和祖宗牌位。

我常觉得农民历和那些摆在祖厅的事物都有密切关系，它的重要性也可以等量齐观，是农人重要传统的一部分，否则怎么会摆在祖厅那么重要的位置呢？

旧时的农民看农民历有着不可轻忽的实用价值。就以五月来说吧，五月的节气叫做"小满"，日出是在清晨五点七分，日落是在十八点三十四分，这时候"太阳过黄经六十度，春天种的稻谷行将结实"。如果是台北的农民，是种植胡瓜、茄子、菜豆、甘薯、大葱的好时间；南部的农民，则可以种植小萝卜、瓮菜、越瓜、大豆、小白菜。若是住在安平的渔民，出海可捕到虱目鱼苗；在东港，则可以捕到龙虾和鲨鱼。

这些看来简单的记述，实际上是不简单的，它是经过千百年无数农民实验的结果，它的真实性也不容轻易怀疑。像我的祖父、父亲都是农民，他们种作的时机全是参考农民历，绝不擅做主张。光复以后，常有农会的人到家里游说，有的希望农民种新作物，有的要改变耕作方法。我记得父亲常回答说："要翻过历书才算。"

农民历当然不只记载种作的事，它还有"每日主事"，记载当天最重要的事，例如"上弦四时十八分"或"蚯蚓出""华佗神医诞辰"等等。还有"每日宜忌"，记载了大自纳采、嫁娶、入宅、安葬、造船、开市，小至裁衣、求医、挂匾、会亲友、扫舍宇种种行事。

从前的农民大小事都很细心谨慎，生怕犯冲，所以大小事情都会参阅黄历。另一个原因是敬畏天地，但要事事求教于风水仙又不可能，参看黄历是最便利的。

我童年时就对农民历深信不疑，甚至有一些被现代人看作迷信的东西，我也觉得颇有道理，譬如农民历最后一页常有"鹅肉配蛤蜊会中毒"，需用"绿豆沙来解"的图形，或者某月某日生肖属蛇的会犯冲，不宜远游诸类的说法。

长大一些以后，离家在外，我每年都会买一本农民历来放着，以备不时之需。有时深夜读之，便会惦念起父亲以及农田的情景，慢慢体会出农民历除了实用的记述，也有非常美丽的东西。像二十四个节气，每一个节气的语言都是美的：立春、雨水、惊蛰、春分、清明、谷雨、立夏、小满、芒种、夏至、小暑、大暑、立秋、处暑、白露、秋分、寒露、霜降、立冬、小雪、大雪、冬至、小寒、大寒。这些简单看似无情的语言，却蕴含了天地造化生育、繁茂、成熟、凋零的至情。

就以今年一九九〇年来说，是岁在庚午。庚午在黄历的开卷诗是：

> 午支是岁适逢庚，九穗难期在一茎；
> 楚北河傍留履迹，荆阳陆上有船行。
> 早禾既属车非满，晚稻还忧廪未盈；
> 值此饥寒人在世，总宜安分勿伤情。

意思是这虽不是一个很好的年，如果能安分不要伤害万物，还是可以安然度过。每年黄历的开卷诗都不一样，也没有一个绝对的好年或坏年，能守情守分的人，必能稳步前进。

农民历以六十年为一甲子。每年对某些人固然不好，从大的角度看总有较好的时机。若以人的平均寿命六十岁来看，宇宙时空的轮替正好一圈，是真正的公平，也是"三十年河东，三十年河西""三十年风水轮流转"之意。体会到这一点，当我们遭逢不顺畅的年冬，可以真正地无怨。

农民历记载事物看来平凡，却非常文学而宜于联想，像"雁北乡""雉始雊""鱼上水""蚯蚓出""鸿雁来""征鸟厉疾""鹰化为鸠""蛰虫始振"是记载动物活动的情形；像"水泽坚腹""东风解冻""草木萌动""雷乃发声""始电""虹始见""大雨时行""水始冰""天地始肃""天气上腾地气下降"，是记载大自然的变化；像"王瓜生""苦菜秀""靡草死""禾乃登""菊有黄花""草木黄落""腐草化为萤"，是记载植物的生长与变化。我常常想，要以如此简短精确的文字描述宇宙的情事，真不是一件简单的事。可见我们的祖先不但观察力敏锐，描述的敏感也是令人惊叹的。

有时候，农民历也有一些养生的记载，像我手中的农民历就有一篇《食疗歌》，也是先民的经验之谈。它说：

生梨食后化痰好，苹果消食营养高。

木耳抗癌素中荤，黄瓜减肥有成效。

紫茄祛风通脉络，莲藕除烦解酒妙。

海带含碘消淤结，香菇存酶肿瘤消。

胡椒驱寒兼除温，葱辣姜汤治感冒。

大蒜抑制肠胃炎，菜花常吃癌症少。

鱼虾猪蹄补乳汁，猪牛羊肝明目好。

盐醋消毒能消炎，韭菜补肾暖膝腰。

花生降醇亦营卫，冬瓜消肿又利尿。

柑橘消食化痰液，抑制癌菌猕猴桃。

香蕉含钾解胃火，禽蛋益智要记牢。

萝卜化痰消胀气，芹菜能降血压高。

生津安神数乌梅，润肺乌发食核桃。

番茄补血驻容颜，健胃补脾吃红枣。

白菜利尿排毒素，蘑菇抑制癌细胞。

仔细读这《食疗歌》，使我们了解老一辈人的营养观念是这

样来的。其中有许多科学的新观念，显然是近代人添加的。可见
农民历不是完成于一人之手，也不是固定的，它可以变化、添
加、发展，成为生活的手册——对了，农民历正是我们前人的
"生活笔记"。

农民历中占很大部分的风水、命理、干支、五行，许多现代
人都视为迷信的东西，虽有很深的道理，却不是一成不变的。那
是由于万物有序，人却是各不相同。这种不同使得四时行焉，仍
有相对的可变之道。我在读农民历时就想到一个关于犹太人的
笑话。

有五个犹太人上了天堂，在争辩什么是人生最重要的东西。

第一个犹太人摩西指着头说："理性才是最重要的。"

第二个犹太人耶稣指着胸说："爱才是最重要的。"

第三个犹太人马克思指着胃说："食物才是最重要的。"

第四个犹太人弗洛伊德则说："性才是最重要的。"

第五个犹太人爱因斯坦说："你们说的都不对，因为宇宙间
的一切都是相对的。"

农民历也是如此，在过去的岁月中曾给农业社会的人民提出
生活的规范和指标。比较遗憾的是，它的步幅似乎不能相对地与
现代生活相结合。我就常希望，现代的农业学家、社会学家、经
济学家乃至风水先生能重视这项遗产，保留珍贵的部分，重新编
写一份属于现代人的"生活手册"，让农民挂在壁间的黄历有新
的面貌。

我对农民历关于风水命理的部分持保留的态度，那是因为我
相信禅师说的："日日是好日"。心里要是无怨，不管世间的八风
怎么吹，我们都能听见风中美好的消息。心里要是有怨，再清凉

的风里面都有寒蝉的悲声。

　　有一次，我和师父忏云上人在一起，听一位风水先生说起师父在美国的庙风水很好，不过有些小地方还可以改得更好，讲了半天，师父说："地理不如天理，天理不如人心。"一时之间，满座芬芳，走出户外，感觉到万里外吹来的寒风都是宜人的。

　　农民历关于风水宜忌、命理冲煞的那一部分，都应该从这个角度来看呀！

忘情花的滋味

院子里的昙花突然间开了，一共十八朵。夜里，打开院子里的灯，坐在幽暗的室内望向窗外，乳白色的昙花在灯下有一种难言的姿色，每一朵都是一幅春天的风景。

昙花是不能近看的，它适合远观，近看的昙花只是昙花，一种眩目的美丽，远观的昙花就不同了，它像是池里的睡莲在夜间醒来，一步一步走到人们的前庭后院，而且这些挺立在池中的睡莲都一起爬到昙花枝上，弯下腰，吐露出白色的芬芳。

第二天清晨昙花全谢了，垂着低低的头，我和妻子商量着，用什么方法吃那些凋谢的昙花。我说，昙花炒猪肉是最鲜美的一道菜，是我小时候常吃的。妻子说，昙花属于涅槃科，是吃斋的，不能与猪肉同炒，应该熬冰糖，可以生津止咳，可以叫人宠辱皆忘。

后来我们把昙花熬了冰糖，在春天的夜里喝昙花茶特别有一种清香的滋味，喝进喉里，它的香气仿佛是来自天的远方，比起阳明山上白云山庄的兰花茶毫不逊色——如果兰花是王者之香，昙花就是禅者之香，充满了遥远、幽渺、神秘的气味。

果然，妻子说，昙花的另一个名字叫"忘情花"，忘情就是

"寂焉不动情，若遗忘之者"，也就是晋书中说的"圣人忘情"。在缤纷灿烂的花世界里，"忘情花"不知是哪一位高人的命名，它为昙花的一生下了一个注解，昙花好像是一个隐者，举世滔滔中，昙花固守了自己的情，将一生的精华在一夜间吐放，它美得那么鲜明，那么短暂。因为鲜明，所以动人；因为短暂，才叫人难忘。当它死了之后，我们喝着用它煎熬成的昙花茶时，在昙花，它是忘情了，对我们，却把昙花遗忘的情喝进腹中，在腹中慢慢地酝酿。

由于喝昙花茶，使我想起童年时代吃昙花的几种滋味。

小时候，家后院种了一片昙花，因为妈妈是爱看昙花的，而爸爸，却是爱吃昙花的。据爸爸说，最好吃的昙花是在它盛开的时候，又香又脆，可是妈妈不许，她不准任何人在昙花盛放时吃昙花，因此春天昙花开成一片白的时候，我们也只好在旁边坐守，看它仰起的头垂下才敢吃它。

爸爸吃昙花有好几种方法，第一种方法是"昙花炒猪肉"，把切成细丝的昙花和肉丝丢进锅中，烈火一炒，就是一道令人垂涎的好菜，这一道菜里昙花的滋味像是雨后笋园中冒出来的香芹，滑润、轻淡，入口即不能忘。

第二种方法是"昙花炖鸡"，将整朵的昙花——洗净和鸡块同炖，放一点姜丝，这一道菜昙花的滋味有一点像香菇，汤是清的，捞起来的昙花还像活的一般。

第三种方法是"炸昙花饼"，用糖、面粉和鸡蛋打匀，把昙花沾满，放到油锅中炸成金黄色即可食，这一道菜昙花的滋味香脆达于极致，任何饼都无法比拟。

我们的童年在爸爸调教下，几乎每个兄弟都是"食花的怪客"，我们吃过的还不只是昙花，也吃过朱槿花、栀子花、银莲花、红睡莲、野姜花和百合花，我们还吃过寒芒花的嫩芽、鸡冠花的叶、满天星的茎，以及水笔仔的幼根，每种花都有不同的滋味。那时候年纪小不知道怜香惜玉这一套，如今想起那些花魂，心中总是有一种罪过的感觉。

食花真是有罪的吗？食了昙花真能忘情吗？有一次读《本草纲目》，知道古人也是食花的，古人也食草。在《本草纲目》谈到萱草时，引了李九华的延寿书说："嫩苗为蔬，食之动风，令人昏然如醉，因名忘忧。"

如果萱草"忘忧草"的名是因之而起，我倒愿为昙花是"忘情花"下一注解："美花为蔬，食之忘情，令人淡然超脱，因名忘情。"

"忘情花"的滋味是宜于联想的，在我们的情感世界里，"忘情"几乎是不可能的境界，因为有爱就有纠结，有情就有牵缠，如何在纠结牵缠中能拔出身来，走向空旷不凡的天地。就要像"忘情花"一样在短暂的时间里开得美丽，等凋萎了以后，把那些纠结牵缠的情经过煎、炒、煮、炸的锻炼，然后一口一口吞入腹里，并将它埋到心底最深处，等到另一个开放的时刻。

每个人的情感都是有盛衰的，就像昙花即使忘情，也有兴谢。我们不是圣人，不能忘情，再好的歌者也有恍惚失曲的时候，再好的舞者也有乱节而忘形的时刻，我们是小小的凡人，不能有"爱到忘情近佛心"的境界，但是我们可以"藏情"，把完成过、失败过的情爱像一幅卷轴一样卷起来放在心灵的角落，让它沉潜，让它褪色，在岁月的足迹走过后打开来，看自己在卷轴空白处的落款，以及还鲜明如昔的刻印。

我们落过款、烙过印；我们惜过香、怜过玉；这就够了，忘情又如何？无情又如何？

第二辑

芳香百里馨

花　籽

————————————

　　三年前我退役，背着袋子要北上的时候，爸爸取出一罐小瓶子，里面是他亲手培养出来的花籽。他小心翼翼地交给我说："你到台北后，如果有一个花园，就把它种了。"我便带着这个小瓶子和一袋故乡的泥土上台北。

　　我很想马上把它种了。

　　可是上台北后，一直过着租赁的日子。住在小小的公寓中，难得找到一撮土地，更不要说一个花园了。那罐父亲的花籽便无依地躺在我的袋中，随着我东飘西荡。每次搬家看见那些花籽，就想起每日清晨在花园中工作的父亲。什么时候才能找到一个花园呢？我总是想。

　　最近，我找到一个有花园的房子，又因为工作忙碌，就把花籽摆在鞋柜子里。有一天，我拉开鞋柜看到那一罐花籽和那一袋泥土，就把它们撒在家前的花园里。

　　那时候已经是严冬了，花籽又摆了三年，到底会不会活呢？我写信告诉爸爸，爸爸回信说："只要有土地，花籽就可以活。"他又附寄来一包肥料。

我每天照料着那一片撒了花籽的土地，浇水、施肥，在凛冽的寒风中，我总是担心着，也许它就会埋在土地里断丧了生机吧！

在冬天来临的第二个月，有一天我开窗的时候，突然发现一群花籽吐了新芽。那些芽在浓郁的花园里，嫩绿到叫我吃惊。是什么力量，让那一罐从南台湾带来的花籽，在北地的寒风中也能吐露亮丽的新芽呢？

花籽吐芽的那几日，我常兴奋得无法睡去，总惦念着那些脆弱的花芽。那是什么样的花呢？我问爸爸，他说："等它开了花，你就知道了。"

那个小小花圃中的芽长得出乎意料地快，我几乎可以体知它成长的速度。每天清晨，我都发现它长大了，然后我便像每天面对一个谜题，猜想着那是什么花，猜想着父亲送我这些花是什么用意。我急于知道那个谜题，就更加体贴那些花。

慢慢地，花长大了，我才知道那是一些茼蒿菜。茼蒿菜是一种贱菜，在乡下，它最容易生长，价钱最便宜，而父亲竟把它像礼物一样送给我，那样珍贵。也许父亲是要我不要忘记自己的土地吧！

我舍不得吃那一亩茼蒿，每天还是依时浇水看顾。茼蒿长大了，我从来没有看过那么好看的茼蒿。在市场上，茼蒿总是零乱的、萎缩的；在土地上，茼蒿却是那么美丽而充满生机。

差不多一个月的时间，茼蒿就在严冷的冬天里开了花。那花，是鲜新的黄色，在绿色的枝梗上显得格外温暖。我想，这么平凡的茼蒿花竟是从远地移种来的，几番波折，几番流转，但是它的生命深深地蕴藏着，一旦有了土地，它不但从瓶中醒转，还能在冷风中绽放美丽的花朵。

茼蒿花谢了，在花间又结出许多细小的黑色的花籽，看起来那么小，却又是那么坚韧。我把种子收藏在父亲当年赠我的瓶中，并挖了一舀泥土——是家乡的泥土和客居地的泥土混成的泥土。

或者有一天，我仍要带这花籽和这泥土到别地去流浪；或者有一天，这带自故乡根种的花籽，然后在异乡土地结成的花籽，会长在另外的土地上。

人也是一个平凡的茼蒿的花籽，不管气候如何，不管哪里是落脚的地方，只要有生机沉埋心中，即使在陌生的土地上，也会吐芽、开花，并且结出新的花籽。

刺　花

　　我是那样地崇拜爸爸，他宛如一座伟岸而不可即的高山。虽然他也和常年狩猎的汉子一样，有着火暴的脾气，有时一言不合，会和别人干上一架；我们不听话的时候，他总是对我们一阵好打——可是我崇拜他，当黄昏他背着猎物回家的时候。

　　十几年的山林生活，使爸爸成为了我们山村里最出色的猎人。

　　爸爸狩猎的才能表现在各方面。他夕阳西下时提着手电筒出去，深夜回家时就带回一麻袋的兔子。他用强光照射兔子的眼睛，就把那些暂时晕眩的兔子轻松地提着长耳回家了。

　　冬天，他在深山里盖一间茅屋，屋里堆积了废弃的破棉被。在寒冷的冬日的清晨，我常随爸爸去收拾那些窝在破棉被中冬眠的一卷卷的毒蛇，有时一天可以捕到几十斤毒蛇，使我们能过着比一般山中专门捉毒蛇的人更好的生活。

　　爸爸打山羌、野猪、黑熊、山猫、梅花鹿也都自有他的一套方法，他还会追踪果子狸和穿山甲，而且万无一失。

　　爸爸有一个打猎的好伙伴，我们称他"太郎叔"，他是泰雅族的山胞，脸上自左至右横过鼻梁有一条青蓝蓝的刺花。他世居深山的狩猎经验和勇力配合爸爸的灵思，常能打到最多的猎物。太郎叔是个孤独的山地人，他太太在生儿子的时候死去了，他唯一的儿子在打猎时因不忍杀死一窝小山猪而被他赶出了家门——在泰雅族人的传统里，饶恕猎物不是勇士的行为。太郎叔为此曾后悔，但他从来不提，只是偶尔在猎山猪时不知不觉地失神。

在我小学一年级的生日时，爸爸送我一支 4.5 的空气枪，并答应带我去打一次山猪。

那是夏季刚来、草莓刚刚收成的时候，空气中飘满了野草和泥土在阳光下蒸腾出来的香气，繁茂的野草在风里像波浪一样起伏，草的绿和山的苍郁交织成一个充满生命的世界。在草、山、天空之间，孤鹰衬着蓝天缓缓地盘旋，松鼠在林间快乐地跳跃，远远近近都是绕来绕去的鸟声，无意走过溪谷，满坑的蝴蝶被步声惊飞，人便跌进了彩色的飞腾的童话世界。

那是走在山路上就忍不住要哼歌跳舞的季节。

清晨，爸爸擦拭好他的猎枪，一巴掌把我从床上打醒。他的左肩和腰带上早已挂满了晶亮的子弹，他把德国制造的双管猎枪背在右肩上，露出擦过油的枪管。

我在屋后水池漱洗时，爸爸仰天吹了一声尖长的口哨，召唤我们养的七只猎狗。它们一听到爸爸的召唤，便从屋里屋外各个角落飞蹿出来，轻轻地讨好地吟吠着。爸爸一一拍打它们的额头，并爱抚地摸抓它们的颈部，然后我们便大跨步走出门，往种满了刺竹的林中走去。

在晨风中，刺竹林发出"窸窸窣窣"的摩擦声。我背着水壶和我的小猎枪，踩在露气未退的泥路上。太阳还没有露脸，天却漾漾地亮起来了。这时，多叶的刺竹林中都是白茫茫的雾气在轻轻地流荡着，雾扑在人脸上，带着一种沁凉的甜味。

我们走过刺竹林，爸爸又吹起一声尖长的口哨，太郎叔养的两只土黄色猎狗从竹林那头奔跳过来，和我们的狗亲昵地打着招呼。它们互相嗅着、舐着，一时，林间全是猎狗们兴奋的喘息声，有的在林里奔跑，有的互相扑咬着，爸爸用低沉的喉音呵斥着它们。

才一会儿，太郎叔健壮而多毛的双腿便迈到了我们面前。他穿着一条卡其色短裤，上身是一件麻线织成的山地服，向两边敞开，露出他黑黝黝的仿佛金刚打造的精实的胸膛。他手里提着一管土制猎枪，腰上悬着一个弹袋。他含蓄地微笑着跟我们打招呼，脸上的青蓝色刺花快乐地跳跃着。

然后我们一行三人，九只猎狗，沿着黑肚大溪的溪床浩浩荡荡地出发。

那条溪床因长年冲积，大约已有三十公尺宽广，全布满了从山上带下来的卵石，中间只有细细弱弱的一带水，好似期待着夏日暴雨来时再把溪床淹没。我们走不久，朝阳就从山坳口冒了出来，原来被山挡住的光，倾了盆似的扑到我们身上。

"我们大约中午以前可以抵达大毛山，如果你走快一点的话。"爸爸对我说。

"爸爸怎么知道大毛山上有山猪？"

"前几日，我和你太郎叔子到大毛山打鸟，看过山猪出来讨食的痕迹，我们找到一个高山猪窟。"

"你们怎么不把它打下来？"

"就是要留给你来打呀！"爸爸说完就纵声长笑了。

"猴囡仔，打山猪又不是射兔子，一枪就翻天的。"太郎叔微笑着说。

平常我看黑肚大溪时，一直以为它是平直地延伸出去的，现在我发现它不是平直的，而是顺着左右的山势曲折辗转的。我们走到一个坳口，我以为它便是溪的源头，而一转身，它又往远方的山上盘旋上去了。跑到溪岸上晒太阳的小毛蟹，一听到我们的步声，便翻身落水，发出"咚咚"的声响。

我们的猎狗则顽皮地赛起跑来，呼啸一阵，九只狗全飞也似的奔射出去，直到剩下几个黑点在远方游动，再转眼的时间，它们又从远方驰回来磨蹭，伸长舌头，咧开大嘴，站在那里傻笑。

"伊娘咧！这些狗崽有精无处射，等一下遇到山猪要跑不动了。"

我们最大的一只猎犬库路听到爸爸的声音，亲昵地蹭过来嗅爸爸的腿脚。

"干！去！去！"爸爸咒着。

我很能理解爸爸的咒骂。他背着一身沉重的行头，汗都落在溪边的石上，看到这一群猛龙活虎般的犬崽，不免有些又爱又气。

号喝一声，狗又全往前跑去。

"喏，阿玄仔，你看，右边那座没有开垦过的山就是大毛山，我们要猎的山猪就在那山的腰边。"太郎叔指着前边告诉我。

我抬头望去，大毛山高高矗立着，杂树与草把山染泼成浓密的绿色。大毛山的形状像我们课本上的剪纸，棱角分明。顺着黑肚大溪，我们一步一步地爬上了大毛山。

二毛山和小毛山被开垦出来以后，大毛山就成为我们这些山地人主要的猎场，长年的踩踏，竟使溪沿着山的地方出现了一条小路。我们到了山腰际的时候，猎狗们已经在山里面到处吠叫了，显出紧张与不安。爸爸低声呵斥着，猎狗们安静下来了，伸长舌头，在山腰上喘着长气。

太郎叔指着野相思树下零乱的草堆对我说："这些草都被山猪踩滚过，顺着草迹往前就是山猪窟，我们可以爬到前面的相思树上，用枪射杀山猪，比较安全。"

我看着太郎叔指的地方，果然隐约有一个阴黑的山洞，洞前是繁密得几乎没有空隙的银合欢。银合欢树上则开着一球球圆形的小黄花，有几只黑色的凤蝶在那里翩翩飞动。

猎狗们在这里特别安静。

我们蹑着足，挨到山猪窟大约廿公尺的地方，那里果然有几棵野生的高大相思树。太郎叔伶俐地攀上右边的相思树，爸爸抱着我爬上左边的相思树，两棵树相聚十五公尺，正巧与山猪窟组成一个等边三角形。

爸爸用手指示意我不要出声，轻声地说："等一下山猪出来，你就紧紧抱着这根树枝，不管怎么样，不要放手。"然后他大声地吹了口哨，叫道，"库路，去！"

聪明的猎狗们一跃而上，围在山猪窟前，大声而疯狂地吠叫起来。狗的叫声霎时间震响了整个山野，远远的山上还传过来凶猛的回声。我听见爸爸和太郎叔给枪上子弹的声音，便也把我的小猎枪举起来正对着山猪窟。

狗叫了很长的一阵子，忽然一只黑乌乌的山猪像箭一般从洞中飞出来，朝狗群奔去。猎狗们呼啸一声，全向四边逃去，山猪愤怒地奔驰了一阵，因不知要追哪一只狗而在野地里转了半天，颓然地回到洞里。

爸爸冷静地看山猪走回去，对我说："现在还不能打，要等到山猪跑得没有力气了再打，才不会让它逃回洞去。"

"狗为什么不咬它呢？"

"狗咬不过山猪的。"

正在我们交谈的时候，狗群又飞也似的从四面八方跑回来，在洞口高声叫嚣，叫得山猪忍无可忍，再度跑出来，一阵狂奔乱转，还发出"嗷——嗷——"的叫声。狗一眨眼间就跑得看不见影子了，山猪这一回追得很远，依然愤怒地走回来。它发现我们坐在树上，便疯狂地往我坐的相思树一头撞来，树枝整个摇晃着。

我"哇"的一声尖叫起来。

爸爸一边揽着我一边说："不要怕，抱紧树枝，它撞不倒的。"

我死命地抱着树。山猪一再地撞着树干，愈撞愈小，一直到气力用尽，才走回洞里。山猪的力头真大，它把对狗的愤怒都发泄在相思树上。

猎狗们马上又回来了，胜利地叫着，它们的迅捷和合作就像一支训练有素的军队一样。

这一次，山猪走出洞口，定定地看着狗群，发出"嗷嗷"的吼声。猎狗们稍稍后退，和它保持着距离，不甘示弱地吠着，忍无可忍的山猪终于又向狗群冲了过去。

爸爸和太郎叔打了手势，说："可以了。"

山猪这一次追得很远，本来在洞口的银合欢被它冲撞得东倒西歪。爸爸和太郎叔把枪口对着山猪远去的方向，我也举枪瞄准。约一盏茶的时间，无力的山猪从山下走上来，走到快到我们蹲伏的树下时，爸爸低沉地说："射！"

砰！砰！

两声，山猪便摇摇晃晃地走了几步，倒在地上。我清楚地看见它的额头和肩胛涌出大量的鲜血，它倒在地上，还抽动着。太郎叔又补了一枪，它很快停止了挣扎。

"死了，"爸爸说，"我们吃午饭吧。"

"爸，为什么不下去捉它呢？"

"山猪都是一公一母住在洞里，我们只打死母的，公的出去讨食了，它回来看到母的被打死会凶性大发，会伤人的。所以我们要等那只公的回来，一起打了。"

我想起爸爸很久以前对我说过的故事。

有一次住在平地的人到山里打猎，打了母的山猪就回去了，公的山猪发狂，把山里的一间茅屋撞平，杀了里面的一家四口。那些人肚子上都是两个穿透的窟窿，肠胃流了一地——想到这儿，我不觉吓了一身冷汗。

爸爸说："山猪是有情的动物，愈是有情的动物，凶性愈大，愈要赶尽杀绝。"

我们开始坐在树上吃午饭，猎狗们跑回来，在山猪身边高兴地蹭着，嗅着，还抢着舐山猪流出来的血。爸爸把准备的狗食丢下去，它们便围过来抢食。

"爸，公的山猪什么时候会回来？"

"快了，如果窟里有小山猪的话，马上就会回来，如果没有，太阳下山以前也会回来。"

"你觉得，里面是不是有小山猪？"

"应该有，不然母山猪不会在洞里。"

我们很快就把饭团吃完了。吃饱的猎狗们在地上玩耍，有几只伏在地上伸长舌头喘气，并竖起耳朵倾听着。爸爸看着它们，怜爱地说："干！这些狗崽真是好。"

还不到一炷香的时间，原来坐在地上的狗警觉地站了起来，朝我们前面的方向望去。

爸爸说："山猪公回来了。"

话音未落，猎狗们已经围上去叫了起来。远远的，一只比母山猪大一号的山猪低着头，悠闲地踱步过来。这只山猪公是深棕色的，头大身壮，嘴很长，嘴边还露出两根白得耀眼的獠牙。它很威武地走近洞口，仿佛无视身边叫着的狗。"自大的山猪呀，今天是你葬身之日，你还在那里威风！"我突然想起布袋戏的一句口白。猎狗们保持距离，在山猪旁乱叫乱跳。

公山猪走到洞口，掀动鼻子，眼睛一斜，就看见血迹流满一地的母山猪。它突然"呜噭——"一声长叫，向狗群猛扑过去。机灵的狗早在它动身之际，就伸开长腿往四下散去了。公山猪边追边叫着，在母山猪四周绕着圈子，终于无望地回到母山猪的身旁，用粗大的头颅挨着母山猪的身体摩擦，呜呜哀叫，叫声凄厉，听得我整个胸腔都浮动起来。

哭叫一阵，它抬头看见太郎叔藏身的地方，用它又长又尖的利牙向相思树没命地撞去。太郎叔紧紧抱着那棵树。树在强大的撞击下，像在台风天一样地摇动着，树叶像雨一样落了满地。它每撞一回，相思树干上就多出两个明显的伤口。

"这山猪公死了老婆，起疯了。"爸爸说着，举枪对准那头山猪。

猎狗们又跑来挑逗它了，胆大的库路甚至还咬了它一口。山猪又开始追逐那一群它明知追不上的猎狗，转了很大一圈，它又折回来，在母山猪的身侧哀鸣。它无助地把头埋在母山猪的胸前。

爸爸叫："射！"

砰！砰！

又是两声。这一次两枪都打中它的头部，鲜血翻涌，它抽搐两下就倒在血泊里，再也不动了。它的身体正好压在母山猪的身上，一地都是鲜血。

我们从树上下来，才发现太郎叔爬的那棵树下落了一地的树皮。

太郎叔说："没看过这么猛的山猪，有一百多斤。"

我们走过去检视那两只山猪，山猪细长眼珠都翻了白，不肯瞑目。

"果然有两只小山猪。"我们走到洞口，两只小狗一样大的山猪正在洞里的一角蠕动着、哀叫着。太郎叔把枪举起来，对准那两只小山猪。意外地，他并没有开枪，颓然地放下双手说："捉回去养吧！"爸爸和我默默对视，我们心里知道，他又想起了他离家的儿子。

太郎叔砍来一枝粗大的相思树丫，把四头山猪的脚都绑在树枝上，两个大人抬着山猪回家，我背着小空气枪，才想起今天一枪都没有打。

我们便在小山猪的哀鸣声和猎狗的戏耍里，一路无言地在斜阳的光辉里走回家。

在山上，打到一窝山猪是一件了不得的大事，我们雇的几个伐木工人和帮我们看山的阿火叔一家四口都来庆祝。我们就在家屋的庭院上生起火堆，把那只母山猪烤来吃，公山猪则腌制起来，准备过冬。

山上的夏夜是迷人的，空山里一片静寂，只有四周伴随着的蛙虫鸣声。大家吃着、笑着，互相谈论自己打猎的英勇事迹。正当大人们喝酒喝得有几分醉意的时候，我看见屋后有个人影闪动了一下。

"爸，有人。"

"哪来的人？"

"我好像看到屋后有一个人。"

爸爸警觉地拾起一根竹棒站起来，嘀咕着："会不会是盗林的山贼？"我随爸爸走到屋后，果然有一个人躲在那里，爸爸大声吆喝："谁？"声音刚喊出来，他就认出那是太郎叔的儿子。

"阿雄仔，你回来，怎么躲在厝后，不到前面来？"

"阿伯，我阿爹……"

"你阿爹，早就原谅你了。"

爸爸便拉着阿雄哥走到屋前，边走边叫："太郎，你看谁回来了？"

太郎叔走过来抱住阿雄哥，父子俩对看了一番，太郎叔说："我今天才捉了两只小山猪，要给你养哩！"然后便纵声大笑，声音响遍了空山。

那是一个难忘的晚上，狂欢的气氛弥漫了整个山区。太郎叔脸上青蓝蓝的刺花映着火光跳动的影像，经过十几年，还刻写在我童年的一页日记里。

月桃花的心事

从石门水库往阿姆坪的路上，整座山魔法似的开满月桃花。月桃花的形状真像米色滚黄边的一串风铃，沿途走去，仿若有千万串风铃随风摇响，山音清脆，天地高远。挂着风铃的月桃花梗，笔直但不规则地探向天空。

风铃一样的野生月桃花，有什么花可比呢？平地上温室里的花是不能比的，大概只有花东公路两旁一长列展开的野百合，或者是南横公路两侧的野姜花，或者是澎湖小岛上遍生的天人菊，甚至长在中南部山坳中的美人蕉，它们的生命力才能和月桃花比拟吧！

在阿姆坪半路上有一座白色凉亭，亭中一位老妇正在出售她在深山种植的竹笋，笋色白嫩，真像雨后的山岚。我在凉亭中买了竹笋，并迎风眺望微微雨湿的潭水，游湖的船自潭面滑过，偶尔也飘过一两艘细瘦的风帆。

就在观赏的时候，我发现凉亭方圆半里竟没有月桃花。连绵不断的月桃花在那里突然如断线一般，杳然无踪。我沿着凉亭两侧散步，发现处处都有攀折的痕迹，残断的花梗无声垂落——所有的月桃花全被折走了。那种心情像是多年前，我不小心跌落了一串心爱的玻璃风铃，碎片一地。

我问起卖竹笋老妇关于月桃花的事。

她说："有很多爱花的人，他们每到凉亭休息，就在四周折几株月桃花回去呢！尤其是春天，来的人多，没几天就采光了。先生，你也爱月桃花吗？那可能要往下走一公里才摘得到了。"老妇指着山弯折过去的地方，微笑地说。

老妇的话让我疑惑，那些来游玩的人，为什么在店里买玫瑰花还不够，要来破坏山上的月桃花呢？月桃花若活在山上，它会开花结子、遍地落生，一串花可以长出数十株新苗，而在家里的花瓶中，花只是花，两天就萎谢了。

后来老妇和我说起阿姆坪原来的名字叫"鸭母坪"，因为有许多人饲养的和野生的鸭子，现在鸭子都不在了。鸭子在哪里呢？在人的腹中，人正坐在湖心的船上游湖呢！我想，连月桃花都保不住，鸭子当然是活不下去的——因为看到月桃花不动心的人很多，看到无人饲养的鸭子而不食指大动的中国人恐怕很少。也侥幸市面上还没有卖月桃花的人，凉亭半里外的月桃花还能迎风摇曳，否则大概整山的月桃花都被采光了。

到了有名的阿姆坪，怎么形容那个地方呢？人山人海摩肩接踵，几乎让人不能好好地走路。游湖的人从谷底排队到坪顶，有的手里还提着播放流行歌曲的录音机。

整个阿姆坪几乎没有一块干净的土地，处处都是垃圾和人留下来的残渣。尤其是昨夜露营的年轻人拔营以后的营地，到了惨不忍睹的地步。

就在那些垃圾堆里，我看到凋残的月桃花踪迹，本来一串串滚圆的花，一朵朵干瘪地碎了一地，那些"爱花的人"离去了。他们竟连月桃花都不肯带回家，孤寂萎坏的月桃花没有眼泪、没有哭声，它们就那样安静地在垃圾中死亡了。有许多被踏粘在地上的已经模糊而不可辨。这些本来可以在山中结子、落地重生的月桃花，竟因为人无意的过失，失魂于乌有之乡！

由于有翠绿的山、广大的土地做背景，月桃花的美实在不是花店里的花可比，可惜因为它生得太多，枝梗强悍，竟被看成是卑贱的花，可以任意摧折，随地遗弃，那些丢掉月桃花的人恐怕永远不会为青山美景的破坏而悔罪。人如果踩坏了一亩玫瑰，恐怕会被同声斥责，日夜难安；为什么人破坏了一里长的月桃花，却能视若无睹呢？

听说花东公路的野百合、南横公路的野姜花近年被游客摧折得几乎找不到踪迹。我想，终有一天，同是大地赐予的月桃花，也会和它们命运相同，逐渐失去土地，往山的最顶端退去，只留下空谷中微弱的叹息。

我相信，只有当我们这片土地找不到一株月桃花的时候，采花的人才会怀念月桃花，或者说不定连怀念都没有，就当做我们从来没有见过月桃花。

到那时，我想问月桃花有什么心事，但是一定得不到回答，因为它没有责任对人回答，它是属于山的。

买了半山百合

在市场里，有个宜兰人，每隔几天来卖菜。

这个宜兰人像魔法师一样，长得滑稽而神气，他的菜篮里每次总会有几把野花，像鸡冠花、小菊花、圆仔花、大理花之类的，据他告诉我，是在家附近采到什么花，就卖什么花。

他卖菜与一般菜贩无异，但卖花却有个性，不论大把小把，总是卖五十元，所以买的人有时觉得很便宜，有时觉得很贵，他不在乎，也不减价，理由是："卖菜是主业，要照一般的行情；卖花是副业，我想怎么卖就怎么卖呀！爽就好！"

他卖花爱卖不卖的，加上采来的花比不上花店的花好看，有的极瘦小，有的被虫吃过，所以生意不佳，可怪的是，他宁可不卖，也不折价。有时候他的花好，我就全买了（不过才三四把），所以他常对我说："老板，你这个人阿莎力，我真甲意。"有时候花真的不好，我不买，他会兜起一把花追上来："嘿！拢送你啦！我这个人也阿莎力。"

久了以后，相熟，我就叫他"阿莎力"，他颇乐，远远看到我就笑嘻嘻，好像狄斯奈卡通《石中剑》里那个魔法师一样。

　　每年野姜花或百合花盛开的时候，阿莎力最开心，因为他生意特别好，百合与野姜洁白、芬芳，都是讨人喜欢的花，又不畏虫害，即使是野生的也开得很美。这时百合花就不只卖三四把，每天带来一大桶，清早就被抢光了，据他说，卖一桶花赚的钱胜过卖两担菜，"台北人也真是的，白菜一斤才卖二十块，又要杀价，又要讨葱，一束花五十块，也不杀价，一次买好几把，怕买不到似的。"然后他消遣我："老板，你嘛是台北人呀！还好你买菜不杀价，也不讨葱。"

　　今天路过阿莎力的摊子，看到有几束百合，比从前卖的百合瘦小，株条也不挺直，我说："阿莎力！你今天的百合怎么只有这些？"

　　"全卖给你好了，这是今年最后的野百合了，我把半座山的百合全摘来了。"

　　"半座山的百合？"

　　"是呀！百合的季节已经过了，我走了半个山只摘到这些，以后没有百合卖了。""半座山的百合，那剩下的半座山呢？""剩下的半座山是悬崖呀！老板！"阿莎力苦笑着说。想到这是今年最后的百合，我就把他所有的百合全买下来，总共才花了三百元，回家的路上想到三百元就买下半座山的百合，心中感到十分不可思议。

　　把百合插在花瓶里，晚上的时候一个人静静地看那纯白盛放的花朵，百合的喇叭形状仿佛在吹奏音乐一样，野百合的芳香最盛，特别是夜里心情沉静的时候，香气随着音乐在屋里流淌。

　　在山里的花，我最喜欢的就是百合了。从前家住山上，有四种花是遍地蔓生的，除了百合，还有野姜、月桃、牵牛花。野姜花的香气太艳，月桃花没有香气，牵牛花则朝开暮谢，过于软弱，只有百合是色香俱足，而且在大风的野地也不会被摧折，花期又长。

从前的乡下人不时兴插花，因为光是吃饱都艰难，谁会想到插一瓶花呢？不插花不表示不爱花，每当野花盛开的时节，我们时常跑到山坡上去寻找野花的踪迹，有些山坡开满了百合花，我们就会躺在百合花的白与白之间，山风使整个田园都有着清凉的香气。感觉到，我们的心也像百合一般白了，并用白喇叭吹奏着高扬的音乐，然后会想到"山上的百合也不纺纱，也不织布，但所罗门王皇冠上的宝石也比不上它"的句子，就不禁有陶醉之感。

近年来，野百合好像也很少了，可能是山坡地开发的缘故。只有几次到东部去，在东澳、南澳、兰屿见到野百合遍地开的情景。自从大家流行插花，而百合花又可以卖钱，野生的百合在未开之前便被齐根剪断，带到市场来卖。

插在屋里瓶里的野百合花，虽然也像在坡地一样美、一样香，感受却大有不同了，屋里的百合再怎么美，也没有野地风中那样的昂扬，失去了那种生气盎然的姿势，好像……好像开得没有那么阿莎力了。

进口种植的百合花有各种颜色，黄的、红的、橙的，香气甚至比野生的更胜，但可能是童年印象的缘故，我总觉得百合花都应该是白色的，花形则最好是瘦瘦的、长长的。可是那土生土长的，有灵醒之白的百合，恐怕得要到另外半山的悬崖峭壁去看了。

今年的野百合花期已过，剩下的都是温室种植的百合了，这样一想，眼前这一盆百合使我生起一种深切的感怀，它是在预告一个春天的结束，用它的白来告白，用它的香来宣示，用它的形状来吹奏，我们在山坡地那无忧的生活也随百合的记忆流得远了。

夜里，坐在百合花前，香气弥漫，在屋里随风流转，想到半山的百合花都在我的屋子里，虽然开心，内心里还是有一种幽微的疼惜。

呀！不管怎么样，野百合还是开在山里好，野百合，还是开在山里的，好呀！

红砖道的风景

木棉树的叶子
为何一到春天都殉情了
独独留下满树的花
向天空伸手微笑

木棉树下有一条路
长长的思念落在路上
落在岁月的星空
无始无终

为何一到春天
木棉树的叶偏偏都殉情了
只留下一树的花
高高俯视人世的风景

夏天一到

挣扎着太多风景的果实
在空中痛苦地爆裂
纷纷飘飞殉情在更远的路上

已经殉情的叶子
却在枯枝上一寸一寸复活
矛盾的木棉树
叶殉情了花开
花殉情了叶活
不要为死的忧伤
要为重活的高兴

　　每到春末的时候，我最爱在台北的红砖道上散步，因为这个时节，木棉树在开花了。它们仿佛抢报着一种什么讯息一样，随意走在仁爱路上、敦化南路上、罗斯福路上。每一株木棉树好像都是一只手掌，一直往上伸着。这每一只手掌都开着远看好像相同，近观又完全不同的风情，好像人的掌纹一样，每一条都相异。

　　难以形容自己为什么特别喜爱木棉树，也许是它和我过去三个阶段的生活有十分密切的关系。童年的时候，家不远处有一条旗尾溪，两岸夹道都是木棉树，我和弟弟喜欢坐在木棉树下向天空仰望。天是蓝的，花是橙红的，树枝是深褐色的，交织成一片有颜色、有风情的景象。有时我们走到对岸，望向这边的木棉树，挺挺的一排，好像站着等待检阅的士兵。这时我们特别能看出它的枝丫充满力量的美。

就这样我们看木棉树看了好几年。

有一天，我们在旗尾溪钓鱼。刚好是雨后天青，木棉树好像刚刚洗过澡，一尘不染，衬着刚刚形成的彩虹，那金橙色好像彩虹里的颜色。弟弟对我说："哥，我想要一株木棉花。"

为了给弟弟摘木棉花，我缘着多刺的木棉树干，爬到木棉树的顶端，终于摘到一枝开得累累的、最美的木棉花，没想到一不小心踩断一根枝杆。我抱着多刺的木棉树滑落到地上，全身被划出几十道伤口，手里还紧紧抓着木棉花。弟弟看到我全身的血迹，惊吓得大哭起来，我安慰弟弟："不要哭，不要哭，不是摘到木棉花了吗？"我被木棉树刺破的伤口，在家里养了一个多月才复原，而摘回家的木棉早就凋萎了。

如今，弟弟已经是大学四年级的学生了。我每次检视在身上留了十几年的疤痕，总是想起木棉事件，以及关于木棉的温暖的童年记忆。

服役的时候我在装甲部队，也曾因木棉花误过事。有一次我们在野外演习，要通过分进点在某地集合。我指挥战车行过一片翠绿的禾田，忽然在田中央看见一棵高大的木棉花开得茂盛。金橙色的花开在晶碧的稻田上，在黄昏的暮色里美得像梦中的景色。我站在战车顶上不禁看得痴了，我停了战车去摘了一枝木棉花，结局是我们误了集合的时间，被罚扫一星期厕所。在扫厕所期间，我还时常想起那棵美丽无方的木棉树。

几年后，我在情感上遭遇到很大的挫折，那时我便常一个人到罗斯福路散步，思索着既往来兹，在不可抑止的激情中欣赏木棉树的风景。我看到清道夫每日清晨来打扫散落满地的木棉花，却常遗漏掉落在街角落的那几朵。我想到在情感上，再好的清道夫，总也扫不去隐在最角落的几朵花吧！

那一段散步的时间，使我非常仔细地看着满树绿叶的木棉，在几天内落尽了叶子，结出了花苞，花开、花谢，等到所有的叶与花全掉光了，以为那全是枯枝的木棉树会死去了，没几天又全放出绿芽。它几乎暗示了情感的生灭，也启示了命运变折的途程，使我对未来的前路充满了希望。

木棉花是男性的花，坚实厚重，全身长满了刚硬的刺，充满了昂扬的姿势。但是，坚硬的外壳仍然掩不住岁月的生谢，问题是，谢了之后，殉情之后，如何在心的最内部重新复活呢？

我喜欢木棉花，不只因为它是男性的，也因为它是台北红砖道上最可看的风景。

玉石上开了一朵花

几年前，我应邀去担任梁实秋文学奖的评审。（到我这种年纪，不，应该是说资历，几乎每年都要担任几项文学奖的评审，其实，我自己是比较喜欢参加比赛的。）

评审的有趣，也是在发现和坚持。

那一次我发现了石德华，读到她的文章，就仿佛在满山满谷的玉石中，看到一块自己特别有缘和喜爱的，我站在摊前看了又看，然后说：就是这一块了。

因为那一块玉有一种天然、素朴、浑然的感觉，含着光芒，我知道这种玉会愈磨愈亮，非常地稀有。

为了以免日后悔恨、痛苦，觉得自己对不起那一块玉，我非常坚持的，与其他的评审展开冗长的辩论。我常相信，只要我们持有的是好东西，而我们又愿意无私地坚持，别人到最后也能同意那玉石的珍贵。

那一次文学奖，石德华得了第一，那时候我还没听过石德华，揭晓姓名的时候，我还开玩笑地讲了一句："玉石上开了一朵花。"

据石德华说，那是她开始写作的第九个月，这是很了不起的，我自己在文学奖得奖，是我写作的第九年。

九月或九年也不顶重要，只要是好玉，总会被慧眼看见的。

栽出有情之花

很久之后，我才认识石德华的人，虽然见面的次数很少，因为熟读过许多她的文章，感觉竟像是很老很好的朋友一样。

知道文学奖得了首奖，给了她鼓励，使她对写作更有信心，更热爱，现在她写的《校外有蓝天》竟然要出书了。

我感到非常高兴，觉得自己总算没有辜负一块玉。

禅宗祖师对于开悟的境界有一种说法，叫做"石上栽花"，石头上栽花当然是很不容易的，但如果有人开悟，那是石头的花栽成，就不会在成道的路途上退转。

如果有人问："石头上怎么可能栽花？"

那就陷入河流到了沙漠的困惑了，石头上栽的花，原是德性之花、本质之华，是自我提升与超越的花，是无形而有情之花。

我愿意以"石上栽花"送给石德华，我深信她会写出更好的文章，为这冷漠如石的人间，栽出一些耀眼的华彩。

黄玫瑰的心

为了这绝望的爱情，我已经过了很长时间沮丧、疲倦、像行尸走肉的日子。

昨夜，从矿坑灾变采访回来，因疼惜生命的脆弱与无助，坐在眠床上不能入睡。清晨，当第一道阳光照入，我决心为那已经奄奄一息的爱情做最后的努力。我想，第一件该做的事是到我常去的花店买一束玫瑰花，要鹅黄色的，因为我的女朋友最喜欢黄色的玫瑰。

剃好胡子，勉强拍拍自己的胸膛说："振作起来！"想起昨天在矿坑灾变后那些沉默哀伤但坚强的面孔，就出门了。

往市场的花店前去，想到在一起五年的女朋友，竟为了一个其貌不扬，既没有情趣又没有才气的人而离开，而我又为这样的女人去买玫瑰花，既心痛，又心碎；生气，又悲哀得想流泪。

到了花店，一桶桶美艳的、生气昂扬的花正迎着朝阳，开放。

找了半天，才找到放黄玫瑰的桶子，只剩下九朵，每一朵都垂头丧气，"真衰！人在倒霉的时候，想买的花都垂头丧气的。"

我在心里咒骂。

"老板!"我粗声地问,"还有没有黄玫瑰?"

一老先生从屋里走出来,和气地说:"没有了,只剩下你看见的那几朵啦。"

"这黄玫瑰每一朵的头都垂下来了,我怎么买?"

"喔,这个容易,你去市场里逛逛,半个小时后回来,我包给你一束新鲜的、有精神的黄玫瑰。"老板赔着笑,很有信心地说。

"好吧!"我心里虽然不信,但想到说不定他要向别的花店去调,也就转进市场去逛了。心情沮丧时看见的市场简直是尸横遍野,那些被分解的动物尸体,使我更深刻地感受到这是一个悲苦的世界,小贩刀俎的声音,使我的心更烦乱。

好不容易在市场里熬了半个小时,再转回花店时,老板已把一束元气淋漓的黄玫瑰用紫色的丝带包好了,放在玻璃柜上。

我不敢相信自己的眼睛,我说:"这就是刚刚那一些黄玫瑰吗?"——它们垂头丧气的样子还映在我的眼前!

"是呀!就是刚刚那些黄玫瑰。"老板还是笑嘻嘻地说。

"你是怎么做到的?刚刚明明已经谢了呀!"我听到自己发出惊奇的声音。

花店老板说:"这非常地简单,刚刚这些玫瑰不是凋谢,只是缺水,我把它整株泡在水里,才二十分钟,它们全又挺起胸膛了。"

"缺水?你不是把它插在水桶里吗?怎么可能缺水呢?"

"少年仔,玫瑰花整株都要水呀!泡在水桶是它的根茎,它喝到的水就好像人吃饭一样。但是人不能光吃饭,人要有脑筋、有思想、有智慧，才能活得抬头挺胸。玫瑰花的花朵也需要水，在田野里，它们有雨水露水，但是剪下来就很少有人注意了，很少有人再给花的头浇水，一旦它的头垂下来，整株泡在水里，很快就恢复精神了。"

我听了非常感动，怔在当场：呀！原来人要活得抬头挺胸，需要更多的智慧，要常把干枯的头脑泡在冷静的智慧之水里。

当我告辞的时候，老板拍拍我的肩膀说："少年仔！要振作咧！"这句话差点使我流泪走回家，原来他早就看清我是一朵即将枯萎的黄玫瑰。

回到家，我放了一缸水，把自己整个人埋在水里，体会着一朵黄玫瑰的心，起来后通身舒泰，决定不把那束玫瑰送给离去的女友。

那一束黄玫瑰每天都会被我整株泡一下水，一星期以后才凋落花瓣，凋谢时是抬头挺胸凋谢的。

这是十几年前，我写在笔记上的一件真实的事，从那一次以后，我就知道了一些买回来的花朵垂头丧气的秘密。最近找到这一段笔记，感触和当时一样深，更确实地体会到，人只要有细腻的心去体会万象万法，到处都有启发的智慧。

一朵花里，就能看到宇宙的庄严，看到美，以及不屈服的意志。

有一位花贩告诉我，几乎是所有的白花都很香，愈是颜色艳丽的花愈是缺乏芬芳，他的结论是："人也是一样，愈朴素单纯的人，愈有内在的芳香。"

有一位花贩告诉我，夜来香其实白天也很香，但是很少人闻得到，他的结论是："因为白天人的心太浮躁了，闻不到夜来香的香气，如果一个人白天的心也很沉静，就会发现夜来香、桂花、七里香，连酷热的中午也是香的。"

有一位花贩告诉我，清晨买莲花一定要挑那些盛开的，结论是："早上是莲花开放最好的时间，如果一朵莲花早上不开，可能中午和晚上都不会开了。我们看人也是一样，一个人在年轻的时候没有志气，中年或晚年是很难有志气的。"

有一位花贩告诉我，愈是昂贵的花愈容易凋谢，那是为了要向买花的人说明："要珍惜青春呀！因为青春是最名贵的花！"

有一位花贩告诉我……

让我们来体会这有情世界的一切展现吧，当我们有大觉的心，甚至体贴一朵黄玫瑰，以心印心，心心相印，我们就会知道，原来在最近最平凡的一切里，就有最深最奇绝的睿智呀！

清净之莲

偶尔在人行道上散步，忽然看到从街道延伸出去，在极远极远的地方，一轮夕阳正挂在街的尽头，这时我会想：如此美丽的夕阳，实在是预示了一天即将落幕。

偶尔在某一条路上，见到木棉花叶落尽的枯枝，深褐色的，孤独地站在街边，有一种萧索的姿势，这时我会想：木棉又落了，人生看美丽木棉花的开放能有几回呢？

偶尔在路旁的咖啡座，看绿灯亮起，一位衣着朴素的老妇，牵着衣饰绚如春花的小孙女，匆匆地横过马路，这时我会想：那个老妇曾经是花一般美丽的少女，而那少女则有一天会成为牵着孙女的老妇。

偶尔在路上的行人天桥站住，俯视着在天桥下川流不息，往四面八方奔窜的车流，却感觉那样的奔驰仿佛是一个静止的画面，这时我会想：到底哪里是起点？而何处才是终站呢？

偶尔回到家里，打开水龙头要洗手，看到喷涌而出的清水，急促地流淌，突然使我站在那里，有了深深的颤动。这时我想着：水龙头流出来的好像不是水，而是时间、心情，或者是一种思绪。

　　偶尔在乡间小道上，发现了一株被人遗忘的蝴蝶花，形状像极了凤凰花，却比凤凰花更典雅。我倾身闻着花香的时候，一朵蝴蝶花突然飘落下来，让我大吃一惊，这时我会想：这花是蝴蝶的幻影，或者蝴蝶是花的前身呢？

　　偶尔在静寂的夜里，听到邻人饲养的猫在屋顶上为情欲追逐，互相惨烈地嘶叫，让人的寒毛全部为之竖立，这时我会想：动物的情欲是如此地粗糙，但如果我们站在比较细腻的高点来回观人类，人不也是那样粗糙的动物吗？

　　偶尔在山中的小池塘里，见到一朵红色的睡莲，从泥沼的浅地中昂然抽出，开出了一个美丽的音符，仿佛无视于外围的染着，这时我会想：呀！呀！究竟要怎样的历练，我们才能像这一朵清净之莲呢？

　　偶尔……

　　偶尔我们也是和别人相同地生活着，可是我们让自己的心平静如无波之湖，我们就能以明朗清澈的心情来照见这个无边的、复杂的世界，在一切的优美、败坏、清明、污浊之中都找到智慧。我们如果是有智慧的人，一切烦恼都会带来觉悟，而一切小事都能使我们感知它的意义与价值。

　　在人间寻求智慧也不是那样难的，最要紧的是，使我们自己有柔软的心，柔软到我们看到一朵花中的一片花瓣落下，都使我们动容颤抖，知悉它的意义。

　　唯其柔软，我们才能敏感；唯其柔软，我们才能包容；唯其柔软，我们才能精致；也唯其柔软，我们才能超拔自我，在受伤的时候甚至能包容我们的伤口。

　　柔软心是大悲心的芽苗，柔软心也是菩提心的种子，柔软心是我们在俗世中生活，还能时时感知自我清明的泉源。

　　那最美的花瓣是柔软的，那最绿的草原是柔软的，那最广大的海是柔软的，那无边的天空是柔软的，那在天空自在飞翔的云，最是柔软！

　　我们心的柔软，可以比花瓣更美，比草原更绿，比海洋更广，比天空更无边，比云还要自在。柔软是最有力量的，也是最恒常的。

　　且让我们在卑湿污泥的人间，开出柔软清净的智慧之莲吧！

风格的芬芳

在南部六龟的深山里，有一种野生茶，近年已成为茶界乐道的茶。

野生茶听说已生长百余年的时间，是日据时代，或是清朝种在深山里而被人遗忘的茶树，由于多年未采摘，长到有一层楼高。

野生茶的神奇就在于每一棵的茶味都不一样，有独特的风格，例如有一棵有蜂蜜的味道，一棵有牛乳的味道，一棵有莲花香，这不是加味，是自然在茶叶中长成的。

因此，采野生茶的人要带许多小袋子，每一棵茶树采的装一袋，烘焙时也要每一棵分开，手工精制。这样费时费力做出来的茶，自然是价昂难求，有时有钱也买不到。

我在朋友家品尝野生茶，果然，每一棵都很不一样，我最喜欢带有莲花香的那一棵，喝的时候一直在寻思，为什么茶叶会自然长出莲花的香味呢？为什么会每一株茶的味道各自不同呢？

我想到，一棵茶树在天地间成长壮大，在时空中屹立久了，自然会形成一种独特的风格，这风格既不会妨碍他做一棵平常的茶树，但却有与一切茶树完全不同的芬芳。人也是如此，处于法味久了，自然形成风格，这风格不会使他异于常人，而是在人间散放了不同的芳香。

敏感的花

听说阿姆斯特公园四月的时候，开满了郁金香；我们到的时候已经秋深，满园的郁金香已经凋零，谢落得一朵不剩。有几次我不甘心，到花市去，竟也找不到郁金香。

郁金香是荷兰的国花，到其国而不见其花，心情免不了有些落寞。我到阿姆斯特的郁金香园子里，非但一朵花不见，仿佛还是一个荒原，连叶子也没有了。园子里的人说："还是等春天再来看吧，郁金香是很敏感的花，它是长在春天的。"他拉紧身上毛衣的领子说，"现在已经是秋天了。"

管理人想了一想，说："如果你们想看郁金香，唯一的办法是到温室去。"然后他步行带我们到阿姆斯特公园的温室，就像所有植物的实验所，温室是以玻璃屋建成的，种植了许多亚热带、热带的植物，以及许多不合节令的花朵，使春夏秋冬的花朵全开在一室。由于看守温室的人去度假了，我们只能沿着玻璃房子的外围参观；我看到几朵零零落落的郁金香在花房中开得正盛，每朵花都像是张开在空中的一朵微笑，可惜隔着玻璃，那稀有的微笑竟有一些不能言宣的落寞。

郁金香在荷兰本是最普遍的花，它通常一大片一大片在草原中盛放，因此给人一种锦绣灿烂的感觉。它在大地上呼吸，并给大地一种美丽的回应，如今季节已过，只好在温室里独自观照自己的美，与自己的寂寞。

我想起初抵荷兰的时候，居住荷兰的朋友告诉我，荷兰人自诩是"世界上最会种花的民族"，不管什么花到了他们手中，总认为能种出比别处更美的花朵。郁金香不用说，看阿姆斯特公园的玫瑰就知道，一株玫瑰枝上开出十几朵花，在荷兰是司空见惯的事。荷兰的花市之庞大、热闹，也是别处少见。

我在市区中心的花市，仔细观察花贩把每日卖剩的鲜花，不知道用什么方法一束束系好，倒挂在屋顶上，自然风干，日久还能保持原色与形状，取下时还是新鲜的一般，而且价钱比当日出产的鲜花还要贵。看那些花不得不赞叹荷兰人不但是"世界上最会种花的民族"，也是"最会保存花的民族"，但是一个花贩告诉我们，不管他们多么努力，总不能让郁金香在秋天的原野上开花，是荷兰人极引以为憾的事。而郁金香是草茎的，甚至不能用风干的方法保存它。

就是说，郁金香是荷兰花期最短、最不易保存的鲜花，偏是荷兰的国花，怪不得荷兰人到秋冬之际，就特别怀念郁金香——这大概就是一种时空的乡愁吧！

到过欧洲的人，应该都能同意我的说法："荷兰是欧洲较没有意思的国家。"论人文景观，它比不上法、意、英、德诸国；论山水风物，它比不上瑞士及北欧诸国；论艺术成就，除了林布兰特、凡·高，没有过什么惊人的表现。有人说阿姆斯特丹是"北方的威尼斯"，却又缺乏威尼斯那种曲折回转的趣味。

　　在十七世纪的时候，阿姆斯特丹曾是极繁盛的城市，荷兰蕞尔小国，也曾是到各地去殖民的列强之一，脚迹甚至远达台湾。比起当年，今日荷兰算是大为衰微了。它闻名于世的，一是遍生草野的花，一是它是欧洲色情、贩毒的中心，一是它是钻石加工中心。

　　几处本来闻名的荷兰观光，现在也消沉了，像风车，早年的实际用途已消失，现在仅供拍照与怀旧；像水都，由于陆上交通的发展，如今已经没落；像海牙国际法庭，已缺乏国际的公信力；像皇家艺术馆，多少年没有新的开展；像凡·高美术馆，大部分凡·高的名作都流落在美国与法国……新的观光地是“小人国”，它以廿五分之一的比例，重塑阿姆斯特丹市容，可惜因为它的呆板缺乏创造力，只让人更觉得荷兰的现代文化是小格局的文化。

　　我在知名的水坝广场，曾亲眼看见毒贩在那里交易，四周充斥着流浪汉与装束怪异的青年，形成一种可怕、恐怖的气氛，一般观光客为之却步。阿姆斯特丹的市中心，有所谓“色情橱窗”，色情架步之多，纽约、巴黎这些大城市只有瞠乎其后。贩毒、色情的兴盛同样使首府阿姆斯特丹蒙尘，没有一般欧洲大城市的风情与格调。

　　荷兰可以傲世的，只剩下花与钻石。花是草原中的钻石，钻石是贵妇颈上的花，两者还装点着日渐失去特色的荷兰。钻石对我们这样的小市民没有什么意义，我们能看的只有花了。

　　再美的花也有凋零的时候，最会养花的民族也不能改变自然。他们能把郁金香养在温室暖房，也正如我们在博物馆里看十七世纪荷兰的荣光，对于天地时序的演进不免感到无力。

在秋天的阿姆斯特公园，我们看到了花朵纠结如九重葛的玫瑰，看到了牡丹一样巨大的秋海棠，同时也感觉到季节的大力量。冷得透骨的清晨，中午突然阳光普照，黄昏的来临使大地一片萧瑟，气候一日数变，秋意的深沉人都可以感应，何况是花呢？

我想，任何花朵固然是有季节的，一个民族的兴衰何尝不是有季节的呢？夜里坐在阿姆斯特丹郊外的旅店咖啡座，临窗外望，萧萧的风声，瑟缩走过的老人，表情绷紧的女服务生，都仿佛在说：阿姆斯特丹秋深了。

一阵风过，落叶狂舞，不禁想起公园管理人说的："还是等春天再来看吧，郁金香是很敏感的花。"对一个旅行的过客，心情也是很敏感的。不知道明年郁金香盛开时，荷兰除了花，还有什么？

光之香

我遇见一位年轻的农夫，在南方一个充满阳光的小镇。

那时是春末了，一期稻作刚刚收成，春日阳光的金线如雨倾盆地泼在温暖的土地上，牵牛花在篱笆上缠绵盛开，苦苓树上鸟雀追逐，竹林里的笋子正纷纷胀破土地。细心地想着植物突破土地，在阳光下成长的声音，真是人世里非常幸福的感觉。

农夫和我坐在稻埕旁边，稻子已经铺平张开在场上。由于阳光的照射，稻埕闪耀着金色的光泽，农夫的皮肤染了一种强悍的铜色。我在农夫家做客，刚刚是我们一起把谷包的稻谷倒出来，用犁耙推平的，也不是推平，是推成小小山脉一般，一条棱线接着一条棱线，这样可以让山脉两边的稻谷同时接受阳光的照射；似乎几千年来就是这样晒谷子，因为等到阳光晒过，八爪耙把棱线推进原来的谷底，则稻谷翻身，原来埋在里面的谷子全翻到向阳的一面来——这样晒谷比平面有效而均衡，简直是一种阴阳的哲学了。

农夫用斗笠扇着脸上的汗珠，转过脸来对我说："你深呼吸看看。"

我深深地吸了一口气，缓缓吐出。

他说："你吸到什么没有？"

"我吸到的是稻子的气味，有一点香。"我说。

他开颜地笑了，说："这不是稻子的气味，是阳光的香味。"

"阳光的香味？"我不解地望着他。

那年轻的农夫领着我走到稻埕中间，伸手抓起一把向阳一面的谷子，叫我用力地嗅，那时稻子成熟的香气整个扑进我的胸腔；然后，他抓起一把向阴的埋在内部的谷子让我嗅，却是没有香味了。这个实验让我深深地吃惊，感觉到阳光的神奇，究竟为什么只有晒到阳光的谷子才有香味呢？年轻的农夫说他也不知道，是偶然在翻稻谷晒太阳时发现的，那时他还是大学学生，暑假偶尔帮忙农作，想象着都市里多姿多彩的生活，自从晒谷时发现了阳光的味道，竟使他下决心要留在家乡。我们坐在稻埕边，漫无边际地谈起阳光的香味来，然后我几乎闻到了幼时刚晒干的衣服上的味道，新晒的棉被、新晒的书画，光的香气就那样淡淡地从童年中流泻出来。自从有了烘干机，那种衣香就消失在记忆里，从未想过竟是阳光的关系。

农夫自有他的哲学，他说："你们都市人可不要小看阳光，有阳光的时候，空气的味道都是不同的。就说花香好了，你有没有分辨过阳光下的花与屋里的花，香气不同呢？"

我说："那夜来香、昙花香又作何解释呢？"

他笑得更得意了："那是一种阴香，没有壮怀的。"

我便那样坐在稻埕边，一再地深呼吸，希望能细细品味阳光的香气。看我那样正经庄重，农夫说："其实不必深呼吸也可以闻到，只是你的嗅觉在都市里退化了。"

海 香

我们走过花园会闻到花香，我们走过草地会闻到草香，我们走过森林，会闻到浓烈的树的气息。

那么海的气味是什么？

要闻海的气味要在晴天有风的时候，最好是早上九点，那时不冷不热，海的香味正被阳光唤起，随风飘送过来，然后我们深深地呼吸，海香就充满了我们整个胸腹。

有人形容海的空气里只有咸味，那人不是真正闻到了海。海的香味中有海的蓝色、海的广大、海的深沉，以及海飞扬的阳光的暖气。

其实，香气不是独自存在的，就好像装在瓶子里的香水可能自存，但抹在每个人身上都有不同的效果。反过来说，如果把海水装在瓶子里，它就完全失去了香味。

我对住在海边的朋友说起海的香气，他瞪起如牛的大眼看我，强迫我说出一种类似的味道。

"如果一定要我说，海的香味很像丽滋苏打饼。"我说。

从海岸回来，我一吃苏打饼，就想起朋友，想起海香，及海边的一切。

真情最感人

《油炸绿西红柿》在电影院上映时，我去排队两次都没有买到票，后来事忙抽不出时间再去，竟然下线了，想起来颇感到遗憾。

有时候觉得自己一把年纪了，不应该再有什么浪漫情怀，像是排队买票看电影、看芭蕾舞，甚至看实验剧什么的。可是每次遇到特别好的表演或电影，仿佛蛰着的虫听见了春日的雷声，就像二十年前那样傻里傻气地去排队，看到特别动人的，甚至去看两三遍，像《布拉格的春天》，就是一看再看，事后想来真是傻瓜。

有时候也会因为朋友说一本书好看，步行到书店去买，一口气读完，放两三天，再细细地读过一次。

像最近读的一本德国小说《香水》（Patrick Süskind 著，黄有德译），就是和朋友打羽毛球时，他说："我觉得这本小说很好看，你应该看。"我是个相信朋友的口碑甚于书评和广告的人，找来一看，果然为之动容。《香水》是一本冷到令人打战的小说，然而作者对嗅觉的描写之繁复细腻，真是匪夷所思，撼人心魄。

　　我读了，对朋友说："《香水》这本小说最大的成就，是它完全没有感情，最遗憾的也是它完全没有感情。"

　　"你中了浪漫的毒害还不是普通的深呢！"朋友消遣我。

　　真的，像我们这种到了四十岁的人，如果说浪漫是一种毒害，还宁可中毒呢！因为浪漫——或者说对人生的真情——正摇头摆尾地游到对岸去，连尾巴好像也有点捉不住了。被毒、被电一下，有什么要紧？

　　前几天读报纸，看到《油炸绿西红柿》在郊区的一家电影院还在演，心里不禁欢喜，当然《油炸绿西红柿》的录像带早就出来了，但我总认为"好电影一定要在电影院看"，因此冒着台北交通堵塞的险，跑到郊区去看电影。一路上想起学生时代，为了看早场电影，"透早就出门，天色渐渐光"的情景。嘿，人虽然会老，有些感觉好像那么真切，总也不老。

　　戏院门口买了一只玉米，埋在黑暗里，看这一部好几位朋友向我推荐的电影。戏里叙述一位老太太和一位年近中年、平凡肥胖的女人如何建立起深刻的友谊。戏中有戏，老太太借着回忆，说出一个动人的友情故事，交叉进行，互相启发、互相激荡，平庸的中年妇女因为听了一个友情的故事，甚至改变了人生观，成为勇敢、积极、有思想的女性。

　　电影的技法并不是很新的，思想也很传统，看得依然令人低回不已，原因就是友谊，关于友情的芬芳，时时从二十世纪五十年代的庭院散放出来。

　　看完电影，我在夜暗中返家时，深深感觉到，不论电影、文学、音乐、美术，乃至所有的艺术形式，只有真情最感人，形式或技法固然十分重要，最重要的是感情的要素，欠缺情感的艺术形式，尽管再完整，也只是一则钻石的广告影片罢了。

因此，《香水》这样冷酷的小说，确实令人目眩，也十分风行，由于缺少情感的要素，很难历久弥新。

如今，储存在我们心海之中的好电影、好文学、好艺术，是有一些情感的酵母埋藏在我们的内心，才能永久不忘，也才能时时启发我们，让许多年以后，还不失去那种浪漫的情怀。

回到家里，我把西红柿打碎，试做"油炸绿西红柿"，滋味奇特，对电影的感受更是深刻。唉！中了浪漫的毒害还不是普通的深呢！

香鱼的故乡

在台北的日本料理店里有一道名菜，叫"烤香鱼"，这道烤鱼和其他的鱼都不一样：其他的鱼要剖开拿掉肚子，香鱼则是完整的，可以连肚子一起吃，而且香鱼的肚子是苦的，苦到极处有一种甘醇的味道，正像饮上好的茶。

有一次我们在日本料理店吃香鱼，一位朋友告诉我香鱼为什么可以连肚子一起吃的秘密。他说："香鱼是一种奇怪的鱼，它比任何的鱼都爱干净，它生活的水域只要稍有污染，香鱼就死去了，所以它的肚子永远不会有脏的东西，可以放心食用。"

朋友的说法，使我对香鱼的品味大大地提高，是怎么样的一种鱼，心情这样高贵，容不下一点环境的污迹？这也使我记忆起，十年前在新店溪旁碧潭桥头的小餐馆里，曾经吃过新店溪盛产的香鱼，它的体型细小毫不起眼，当时还是非常普通的食物。如今，新店溪的香鱼早就绝种了，因为新店溪被人们染污了，香鱼拒绝在那样的水域里存活。

现在料理店的香鱼，已经不产在新店溪，而要从日本空运过来，使香鱼的身价大大增高，几乎任何鱼都比不上。听说在澎湖某些没有被污染的海域，还能找到香鱼的踪迹，可是为数甚少，早就无法供应吃客的需求了。本来在新店溪旁的普通食物，如今却在台湾找不到故乡，想起来就令人伤感。

每次吃香鱼的时候，我的心情就不免沉重，那种沉重来自香鱼的敏感，在许多人的眼里，所有的鱼作为食物以外，就没有别的意义了。香鱼却不同，因为它的喜爱洁净，使我们更觉得应该有一个清洁的生存空间。在某一个层次上，香鱼是比人更高贵的，我们生活在一个被污染的环境，到处充满了刺耳的噪音和汽车排放的黑烟，可是时间一久，我们就适应了这样的环境，甚至一点抗辩也没有。

没有新鲜的空气，没有干净的溪水，没有清爽的天空，甚至没有安静的听觉，我们都已经悄然不察了，面对着一天比一天沉沦的生活空间，有时我们完全失去了警觉。

香鱼不然，它不肯自甘于污浊的溪水，不肯改变自己去适应一个更坏的环境，于是它选择了死，宁洁而死，不浊而生，那样的气节，更使我们面对香鱼的时候低回不已。

记得多年以前，我在梨山上，参观过鳟鱼的养殖。鳟鱼是濒临绝迹的鱼类，在台湾，只有梨山上清澈的溪水和适当的水温，能让它们乐于悠游。正由于它们独特的品性，使养殖的人丝毫不敢掉以轻心，也正因为这样，鳟鱼在人们的心目中，永远不会和吴郭鱼相提并论。

有一次我在澎湖的海边度假，渔民们邀请我到海边去欣赏奇景。那一天，许多海豚无缘无故地游到岸上集体自杀。我站在海岸边，看着那些到处罗列的海豚，它们从海里跳到岸上等待着死亡，却没有人知道原因，我也不知道。

　　海豚的集体自杀，给当地的渔民带来一笔小财，没有人探问它们为什么拒绝生存，我的心里却充满了疑惑：海豚是一种智商很高的动物，它们到底为什么要集体自杀呢？

　　是不是心情上受了什么委屈？在以前海面干净的往日，是不是也有海豚自杀呢？生物学家恐怕也无法解开海豚自杀的谜题，但是我深知，海豚的自杀不是"无缘无故"，一定有它的理由，只可惜，我们不能理解。唯一可以理解的是，动物有动物的想法，鱼也有鱼的心情。干净的海，是海豚的故乡；清澈的溪水，是香鱼和鳟鱼的故乡；它们宁可做失乡的游魂，也不愿活在污浊的水域，是作为人的我们，应该深切反省的。

　　有许多饲养鸟类和热带鱼的朋友，经常向我抱怨，不管他们如何细心照料，鸟和鱼都会无故地死去。我想，鱼鸟的死都不是无故的，因为鸟是属于山林的，不属于笼子；鱼是属于河海的，不属于水箱。现在更严重的是，即使在山林河海，由于人为的污染，许多动物都活得不快乐，恐怕在大自然里，只有一种动物对坏的环境能安之如常，那种动物的名字叫作"人"。

　　几年前，人们在新店溪"放香鱼"，让香鱼回到它的故乡，据说现在新店溪里已有为数极少的香鱼存活。如果河川不继续污染，将来我们食用的香鱼不必从空中来，而是本乡的土产。

　　香鱼是我们的，故乡也是我们的，我们千万不要让故乡成为香鱼拒绝的地方。

蔷薇刑

有一次他惊心得睡不着觉。那一天，一部货车从外乡运回来一对本地的情侣，他们在外乡的山里殉情了。

货车卸下他们的尸体时，他们身上缀满了蔷薇花，已经枯萎的蔷薇并不掉落。那些蔷薇是连根折断的野生品种，棘刺显得又长又坚硬，一条一条捆绑着那对恋人的身体。他们的皮肤已经失去了血色，但还能清楚地看得见身上布满的血痕。

恋人的父母几次动手想解开蔷薇枝条，却一再被刺伤流血，最后双方只好同意让他们和蔷薇一起下葬。这对青年的殉情，正是父母强烈的遏止而铸成的，在十几年前的农村，这是十分常见的事。

不常见的是，没有人能解开他们在临死前如何能用蔷薇紧紧相缚，而不感觉身体疼痛的谜题。最后的结论是：人有了殉情的决心，没有什么办不到的事。

他疑惑的是，为什么他们选择了蔷薇，而不选择玫瑰？有人看了那少女的日记，原来蔷薇是他们定情的信物，代表了他们的爱情是野生的、长满棘刺的品种。

恋人下葬以后，隔年，墓上长出一株开了红与粉红两种颜色的蔷薇。

那墓上的蔷薇，竟没有一根刺。

玫瑰奇迹

有一天，突然兴起这样的念头：到台北我曾住过的旧居去看看！于是冒着满天的小雨出去，到了铜山街、罗斯福路、安和路，也去了景美的小巷、木栅的山庄、"考试院"旁的平房……

虽然我是用一种平常的态度去看，心中也忍不住波动，因为有一些房子换了邻居，有的改建大楼，有的则完全夷为平地了。站在雨中，我想起从前住在那些房子中的人声笑语，如真如幻，如今都流远了。

我觉得一个人活在这个时空里，只是偶然地与宇宙天地擦身而过，人与人的擦身是一刹那，人与房子的擦身是一眨眼，人与宇宙的擦身何尝不是一弹指呢？我们寄居在宇宙之间，以为那是真实的，可是蓦然回首，发现只不过是一些梦的影子罢了。

我们是寄居于时间大海洋边的寄居蟹，踽踽终日，不断寻找着更大、更合适的壳，直到有一天，我们无力再走了，把壳还给世界。一开始就没有壳，到最后也归于空无，这是生命的实景，我与我的肉身只是淡淡地擦身而过。

我很喜欢一位朋友送我的对联，他写着：

来是偶然，

走是必然。

每天观望着滚滚红尘，想到这八个字，都使我怅然！可是，人间的某些擦肩而过，是不可忽视的，如果有情有义又有天真的心，就会发现生命没有比擦肩而过的一刻更美的。

我们在生命中的偶然擦肩，是因缘中最大的奇迹。世界原来就是这样充满奇迹，一朵玫瑰花自在开在山野，那是奇迹；被剪来在花市里被某一个人挑选，仍是奇迹；然后带着爱意送给另一个人，插在明亮的窗前，仍是奇迹。

因此，我们可以这样说：对一朵玫瑰而言，生死虽是必然，在生与死的历程中，却有许多美丽的奇迹。

人生也是如此，每一个对当下因缘的注视，都是奇迹。

我在从前常买花的花店买了一朵鹅黄色的玫瑰，沿着敦化南路步行，对每一个擦肩而过的人微笑致意，就好像送玫瑰给他们一样。

我不可能送玫瑰给每一个人，那么，就让我用最诚挚的心、用微笑致意来代替我的玫瑰吧！我们在生命中的每一个相会也是偶然的擦肩而过，在我们相会的一弹指，我深信那就是生命最大、最美、最珍贵的奇迹！

变种玫瑰

他在花园里，种了一亩玫瑰。

玫瑰顺着时序，年年都在春天怒放。他种的玫瑰全是红色的，盛开的时候就像一把炙热的火烧过翡翠的园子。

他感到遗憾的是，为什么每一株玫瑰的花枝上只开一朵花？虽然每朵花有各自的美，但那种美丽却显得那么孤单，尤其是春雨降落，看到花瓣各自飘落，交叠在泥地上时，使他有一种深深的伤感。

后来，她来到他的玫瑰园子，与他一起照看那些玫瑰。那一年，他的玫瑰花圃突然长出一株花枝，那是另一种玫瑰的变种。他常坐在那株玫瑰前，迷惑地望着远方的天空。

她对他说："只要有真正的爱，天底下没有不可能的事，你看这株玫瑰就是最好的证明。"

他笑起来，将那株变种的玫瑰剪下，插在她临窗的一个白玉花瓶里，他们一起看着那株玫瑰一片片地枯萎、凋落。

那一年冬天，她到远方去了，逐渐随着白云失去了消息。

他仍然细心地照顾玫瑰园。可是他的园子里再也没有长过他心中期待的变种玫瑰。

卖菜老妇

　　他家附近有一位卖菜的妇人，自他年幼到成年，那妇人总是早晨到他家附近来叫卖青菜。妇人留给他的印象深刻，因为她三十年来总是梳着闪亮的发髻，穿着一身黑衣：春夏她穿着黑色棉衫，秋冬穿着黑色短袄。

　　最难忘的是，她不管如何亲切微笑与人招呼，眉头总是深深地纠结。

　　他慢慢知道了妇人的故事：她在极为保守的乡下原来有一个情侣，那是日据时代的事了。她深爱的青年收到了太平洋战争里的紧急召集令，马上要出发。妇人不顾家人的反对，当天夜里就和青年办理了婚事。

　　第三天，她的丈夫在锣鼓与泪光中出征，从此再也没有回来过，甚至没有一点音讯，有人说那艘船才出海就被击沉了。

　　妇人就是不信，她坚信丈夫必然会在某夜回到故地。她卖菜求生是一种无尽期的等待，有人为她做媒，她说："在我丈夫没有回来之前，我不穿有颜色的衣服，我不把长发放下。"媒人听了，什么话也说不出口。三十几年来，她真的就这样实践了她的诺言，一直到全村的人都与她一样盼着她丈夫的归来。

　　他最近回乡，听说卖菜老妇出家当了尼姑。而大家一直怀念着她的菜，想到她的时候，同时感受着她那坚忍而不肯稍稍退让的爱。

萤蔺

　　是雨季刚刚过完的秋天，我们沿着青草的香气，到南仁山去。

　　雨蛙战鼓一样，敲打着清晨的寂静。

　　红尾伯劳偶尔化成一道烟，惊慌地穿过林间。

　　灰面鵟张开庞大的翅翼，优雅地盘旋，很难想象它从北方那么远的地方如何横越海洋，来到这热带的雨林。

　　走累了，坐下来，才看到南仁湖里的萤蔺草，正挺直腰杆与阳光做着翠绿与金黄的交谈。

　　很难形容萤蔺这种植物，就像它的名字一样，仿佛闪动着萤火一样的绿光；它使明净的水有一种丰盈的生机，它使我们知道萤蔺所站的地方是一片肥沃的大地。

　　更让人吃惊的是，这么多的萤蔺可能来自同一株母株，它们在水里互相牵着手，互相传送着血液、爱，以及在清冷的夜里互相安慰，才能在清晨一起欢欣地向天空微笑。

蝴蝶兰

有一段时间，他热衷于养兰花，甚至在后院里亲手盖一座竹棚种兰花。

他特别偏爱一株蝴蝶兰，因为它有着奇异的颜色，花瓣是鲜嫩的黄，花心是近乎黑色的紫。如果花是前世蝴蝶今生的魂魄，那一定是最美的黑翅黄裳凤蝶的魂。

那株蝴蝶兰一年只开花一次，一次只开一株花，美得让他在竹棚的花架下屏息凝视，生怕一呼吸就会使美丽惊动。

后来蝴蝶兰枯死了，使他毁弃了一整棚的兰花。

有一段时间，他在乡野上看到了野地中乱生的马樱丹、野百合、酢浆草花、紫茉莉、小蔷薇，他竟深深惊动。原来世上还有另一种美，可以让人大口地呼吸。它们只是活在大地上，不必在棚架里辛苦地供养。

几年以后，他完全忘记了曾经亲手种植的蝴蝶兰。

第三辑

喜悦的香

愿作自由花

　　经过中部大平原，突然看见在稻田中有一大片金黄色的花，在阳光中格外耀眼，停了车，从田埂走到花中，仿佛走进一个金黄色的梦。

　　仔细看，才知道原来是青花菜所开出的花，我们平常在市场看见的白花菜、青花菜都是一球球的，往往让我们忘记原来它们是花。因此看到眼前这一片青花菜令我感到吃惊，十字形的花朵从团团的菜花中抽放出来，拉高竟到了人的腰际，开得非常非常繁密，但因有高低的层次，并不让人感到拥挤。在绿色的稻田里，这一片金黄色的菜花有如闪电一般，有慑人之美。

　　它占地约有一亩，又在早春的风中摇曳，使我看见了土地的温柔与源源不绝的生机。

　　站在田中面对这一片青花菜的黄花，我思索着它被留下来的理由，有可能是菜农要收成青花菜的种子，也有可能是稻田保存地力的轮替，还有可能是菜价低贱，农夫懒得收成而任其开花怒放。

　　不管是什么理由，青花菜被留下来是唯一的真实，它比所有的同类幸运。大部分的青花菜没有开花的机会，花苞结成就被采收了，因此，大部分吃青花菜的人没有机会看见这大地上的美丽之花。这片青花菜何其幸运，是同类中仅有的自由花，我又何其幸运，能看到它毫无顾忌的怒放，这无非是一次殊胜的因缘呀！

当我继续开车前行，眼前好像一直都看见那金黄色的影子，一闪一灭，这平凡的青花菜最令我动容的是什么呢？为什么它竟成为中部大平原上最耀眼的风景呢？

是它的自由！

当我看到青花菜的自由，感觉自己就像从束缚中被解放出来，我们大部分人就如同市场中的青花菜一样，在还没有完全开放时就被采收，因而不知道自己也可以开出最美丽的黄花。

人也可以自由开放吗？

当然！自由的开放可以说是禅者最主要的风格，乃至于可以说是佛教的基础，修行者最重要的就是自由，是无牵无挂、无拘无束、无碍无缚。什么是自由？自由不在境上，而在心中，自性清净的人不为境转，是为自由；证悟空性者，知悉无常迁化，就不会被外物所役、所捆绑了。

因为这样的自由，当我们看到禅师如是的对话，就不会吃惊了：

僧问："如何是三宝？"

潭州总印禅师："禾、麦、豆。"

僧问："如何是佛法大意？"

明州法常禅师："蒲花、柳絮、竹针、麻线。"

僧问："如何是禅？"

石头希迁禅师："碌砖。"

僧问:"如何是道?"

径山道钦禅师:"山上有鲤鱼,水底有蓬尘。"

僧问:"如何是西来意?"

天柱崇慧禅师:"白猿抱子来青嶂,蜂蝶衔花绿蕊间。"

生命的真实里固已解脱了束缚,问答之间又何必有什么丝线呢?在自性的清净自由里,万事万物都是三宝、是佛法大意、是禅、是道、是西来意,其中并没有分别,因为有分别就有执着,就有相,就会生心,就偏离了自由。

我认为修行者可以用"六自"来说:自觉、自由、自在、自主、自信、自尊。

一切自由的开端是来自觉悟,等觉悟到自性清净本心时才能做自己的主人,自主之后才得以过无碍自由进退自在的生活,这时体会到生命的真意而有绝对的信心,也因知悉佛性本具有了生命的尊严。

但是自由自在不是放任,我们来看一个公案:

招提慧朗禅师造访石头希迁禅师:

问曰:"如何是佛?"

师曰:"汝无佛性!"

曰:"蠢动含灵又作么生?"

师曰:"蠢动含灵却有佛性。"

曰:"慧朗为什么却无?"

师曰:"为汝不肯承担!"

慧朗言下开悟。

好一个"为汝不肯承担!"自觉、自由、自在、自主、自信、自尊全是来自"承担"两字,承担不是我见我执的度量和计算,而是用无念的自我来面对客观的外境，是内外在世界的完全统一——最究竟的解脱是体证到圆满的自我生命，而进入解脱门的是即心即佛，心佛无二是最伟大的承担。

承担，就像青花菜昂然美丽地站在土地上。

承担，是坦然面对风雨，自在地盛放。

承担，是即使明日要凋谢，今天还能饱孕阳光，微笑地展颜。

作为花，就要努力开放，作为人，就要走向清净之路，这是承担。

那中部大平原的一亩青花菜的黄花，既有自由，又有承担，它站在那里默默地生长着，但它雷声一样地展示自己的自由，使我想起《金刚经》的一句：

"说法者无法可说，是名说法。"

拈花四品

不与时花竞

诵帚禅师有一首写菊的诗：

> 篱菊数茎随上下，无心整理任他黄；
> 后先不与时花竞，自吐霜中一段香。

读这首诗使人有自由与谦下之感，仿佛是读到了自己的心曲，不管这个世界如何对待我们，我只要吐出自己胸中的香气，也就够了。

在台湾乡下，有时会看到野生的菊花，各种大小各种颜色的菊花，那也不是真正野生的，而是随意被插种在庭园的院子里。它们永远不会被剪枝或瓶插，只是自自然然地长大、开启与凋零，但它们不失去傲霜的本色，在寒冷的冬季，它们总可以冲破封冻，自尊地开出自己的颜色。

有一次在澎湖的无人岛上，看见整个岛已被天人菊所侵占，那遍满的小菊即使在海风中也活得那么盎然，没有一丝怨意地兴高采烈，怪不得历史上那么多诗人画家看到菊花时都要感怀自己的身世，有时候，像野菊那样痛痛快快地活着，竟也是一种奢求了。

"天人菊"，多么好的名字，是菊花中最尊贵的名字，但它是没有人要的、开在角落的海风中的菊花。

最美的花往往和最美的人一样，很少人能看见，欣赏。

山野的香气

带孩子到土城和三峡中间的山中去，正好是春天。这是人迹稀少的山道，石阶上还留着昨夜留下的露水。在极静的山林中，仿佛能听见远处大汉溪的声音。

这时我们看见在林木底下有一些紫色的花，正张开花瓣在呼吸着晨间流动的空气。那是酢浆草花，是这世界上最平凡的花，但开在山中的风姿自是不同，它比一般所见的要大三倍，而且颜色清丽，没有丝毫尘埃。最奇特的是它的草茎，由于土地肥沃，最短的茎约有一尺，最长的抽离地面竟达三尺多。

孩子看到酢浆花神奇的美大为惊叹，我们便离开小路走进山间去，摘取遍生在山野相思树下的草花，轻轻一拈，一株长长的酢浆花就被拉拔起来。

春天的酢浆花开得真是繁盛，我们很快就采满一大束酢浆花，回到家插在花瓶里，好像把一整座山的美丽与春天全带了回来，连孩子都说："从来没有看过这样美的花。"

来访的朋友也全部被酢浆花所惊艳，因为在我们的经验里几乎不能想象，一大束酢浆花之美可以冠绝一切花，这真是"乱头粗服，不掩国色"了。

酢浆花使我想起一位朋友的座右铭：在这个时代里，每个人都像百货公司的化妆品，你能定价多高，你的价值就有多高。

紫蓝色之梦

在家乡附近有一个很优美的湖，湖水晶明清澈，在分散的几处，开着白色的莲花，我小时候时常在清晨雾露未褪时跑去湖边看莲花。

有一天，不知从什么地方漂来一株矮小肥胖的植物，根、茎、叶子都是圆墩墩的，过不久再去看的时候，已经是几株结成一丛，家乡的老人说那是"布袋莲"，如果不立即清除，很快湖面就会被占满。

没想到在大家准备清除时，布袋莲竟开出一串串铃铛般的偏蓝带紫的花朵，我们都被那异样的美所震住了。那些布袋花有点像旅行中的异乡人，看不出它们有什么特殊，却带着谜样的异乡的风采。布袋莲以它美丽的花，保住了生命。

来自外地的布袋莲有着强烈繁衍的生命力，它们很快占据整个湖面，到最后甚至丢石头到湖里都丢不进去，这时，已经没有人有能力消除它了。

当布袋莲全面开花时，仍然有摄人的美，如沉浸在紫蓝色的梦境，但大家都感到厌烦了，甚至期待着台风或大水把它冲走。

布袋莲的启示是：美丽不可以嚣张，过度的美丽使人厌腻，如同百货公司的化妆品专柜一样。

马鞍藤和马蹄兰

马鞍藤是南部海边常见的植物，盛开的时候就像开大型运动会，比赛着似的，它的花介于牵牛花与番薯花之间，但比前两者花形更美、花朵更大，气势也更雄浑。

马鞍藤有着非常强盛的生命力，在海边的沙滩曝晒烈日、迎接海风，甚至灌溉海水都可以活存，有的根茎藏在沙中看起来已枯萎，第二年雨季来时，却又冒出芽来。

这又美又强盛的花，在海边，竟少人会欣赏。

另外，与马鞍藤背道而驰的是马蹄兰，马蹄兰的茎叶都很饱满，能开出纯白的恍若马蹄的花朵。它必须种在气温合适、多雨多水的田里，但又怕大风大雨，大雨一下会淋破它的花瓣，大风一吹又使它的肥茎摧折。

这两种花名有如兄弟的花，却表现了完全相反的特质，当然，因为这种特质也有了不同的命运。马鞍藤被看成是轻贱的花，顺着自然生长或凋落，绝没有人会采摘；马蹄兰则被看成是珍贵的花被宝爱着，而它最大的用途是用在丧礼上，被看成是无常的象征。

人生，有时像马鞍藤与马蹄兰一样，会陷入两难之境，不过现代人的选择越来越少，很少人能选择马鞍藤的生活，只好做温室的马蹄兰。

一朵花，或一座花园？

在日本，有一位伟大的女禅师，名字叫做慧春。

慧春很年轻就出家了，当时日本还没有专给尼师修行的庵堂，她只好和二十名和尚，一起在一位禅师座下习禅。

慧春的容貌非常美丽，剃去了头发、穿上素色的法衣非但没有减损她的美，反而使她的姿容显得更清丽脱俗。因此，与她一起学禅的和尚，有好几位偷偷暗恋着她，其中一位还写了情书给她，要求一次私下的约会。慧春收到情书之后，不动声色。

第二天，禅师上堂说法，说完之后，慧春站起来对着写信给她的和尚说："如果你真的像信里写的那样爱我，现在就来拥抱我！"说完后，当场就有几位和尚满头大汗地开悟了。

这是非常动人的禅故事，它表达了一种当下承担的精神，学禅的人对于开悟固然必须承当，但对于生命，是不是也应该有相同的承当呢？禅的生活，不是依靠想象力的生活，当然也不是寄望于天堂的生活，而是公开明朗地面对此时此刻的生活，看见心念中的阴暗面，把它翻转过来，使其明亮。慧春所说的"公开的拥抱"，正是"公开的爱"，也就是"光亮明朗的生活态度"。

对于禅者，每一个心念、每一个生活动作，都可以摊开在阳光下检验。

从泥泞中跨越

还有一个禅的故事是这样的：两位师兄弟一起走在一条泥泞的道路上。

当他们走到一个浅滩的时候，看见一位美丽的少女在那里踯躅不前，由于穿着细致的丝绸，使她不能跨步走过泥泞的浅滩。

"来吧！小姑娘。"师兄说。

然后就把少女背过了泥路。

师弟跟随在后面，心里感到非常不悦，一直都沉默不语，到了晚上实在忍不住，就对师兄说："我们出家人受了戒律，不应该近女色的，你今天为什么要背那个女人过河呢？"

"呀！你说那个女人呀！我早就把她放下了，你到现在还抱着吗？"

这个流传很广的禅故事，除了说明当下即是的精神，也满含了禅师的慈悲，在提起放下的过程里一点也不拖泥带水，即使是对禅一无所知的人听到这个故事，也知道两者境界的高低。

有一位现代禅者把"当下即是""直下承当"的精神翻译为"倾宇宙之力活在眼前的一瞬"，真是十分贴切。我们凡夫的生活，不是在缅怀过去，就是在向往未来，无法踏实雄健地生活。可叹的是，过去是无可挽回的，未来是一场梦，两者都是虚空里的舞花，再美，也比不上现在跨越的泥泞之路。

落实到不是非常善美的现在，走一段很可能是泥巴铺成的生活之路，当下的世界往往不是依理想而呈现，这些，似乎都不太要紧，只看我们能不能有好眼睛来看待这个世界，是不是在我们注视的时候，能一刹那间观点开展，让光亮明朗的生活展现在眼前。

伟大的无门慧开禅师，在他的著作《无门关》里曾这样说："若是个汉，不顾危亡，单刀直入，八臂哪吒拦他不住；纵使西天四七、东土二三，只得望风乞命！设或踌躇，也似隔窗看马骑，眨得眼来，早已蹉过！"只有单刀直入，一点也不迟疑的大丈夫，才有可能领会禅的真意。

便是人间好时节

《无门关》是禅宗的一部宝典，慧开禅师在里面写下许多传诵千古的偈语，一直到禅道没落的今日，读起来还让人震颤不已。

我们在这里选取几个偈子来看：

> 大道无门，千差有路。
> 透得此关，乾坤独步！

——这是多么广大而坚定的胸襟，要做一个乾坤独步的人。

> 拈起花来，尾巴已露。
> 迦叶破颜，人天罔措！

——释迦牟尼佛拈起花来，是故意露出尾巴，迦叶尊者破颜微笑，使天上的神仙和地上的凡人都不知所措。慧开问道："如果当时大家都笑，或者连迦叶也不笑呢？禅是什么风光？"

> 贫似范丹，气如项羽。
> 活计虽无，敢与斗富！

——对于家徒四壁、处之泰然的人，对于气宇豪迈、无所畏惧的人，虽然生活艰困，还是敢和富人比赛谁是真正的富有，因为富有不是由外而得。

> 眼流星，机掣电。
> 杀人刀，活人剑！

——眼睛要快如流星，机锋要迅若闪电，有杀断妄想的宝刀，有起死回生的智慧之剑。

> 剑刃上行，冰棱上走。
> 不涉阶梯，悬崖撒手！

——寻求智慧之路的禅道，像是走在剑锋上、踩在冰尖上那样勇迈。又仿佛不走阶梯，从悬崖上放开双手那样地自在，没有一点委屈。

> 天晴日头出，雨下地上湿。
> 尽情都说了，只恐信不及！

——法尔如是，明明白白，毫无隐瞒，只怕不信，这是多么公开明朗的胸怀。

《无门关》每一个偈子都像这样震慑人心，另有一个最被人传的偈子是：

> 春有百花秋有月，夏有凉风冬有雪。
> 若无闲事挂心头，便是人间好时节。

如果一个人的心头，前尘往事同时瓦解冰消，成为一片清朗干净的大地，能面对当下的景物人事，那么春夏秋冬都是一样地美好呀！

我们在人间的学习

禅道虽然是非凡之道，却不是不可企及之道。我们在品味禅的公案、语录、偈语的时候，都能尝到那无比的芳香，都能在热闹里流过一丝清凉，那不是禅有什么特别的魅力，而是对明朗光照的生活，人人都有本具的向往，只可惜生命的烦恼与生活的压力使我们隐忍了活泉，无以清洗尘埃的心灵。

禅的教导，是让我们不要再隐忍了，不要再过那种幽暗无光的日子，试着把反盖的牌打开，在黑暗的房子开灯，走进阳光普照的田野，随着鸟的自由飞翔，看鱼得水时的欢跃，安心明亮地看着人世。我们来读读在禅里最常被用到的语言吧："如如""当下""本来""一如""无着""不二""老实""平常""安心""放下""任运""保任""默照""虚空""无碍""自在""自由""直心""真实"等等，这样简短的两个字，如果能溶入其中，就让我们发现了生命的真意。

我们不能放下任运的过活，那是我们对过往生命的执着，对未来生命的迷梦，忽视了一个最重要的东西：回到现实这一刻人间的学习。

有的人认为禅师讲"空"，以为空是虚无的，要来断灭现实人生的一切，其实不然，禅师要破的是"执着"，而不是真实的生活。破执着谈何容易！所以禅教我们要用开启智慧、圆满自我的方法来使执着冰消瓦解，而不是去压抑我们的执着。

如果我们只有一朵花，一定很舍不得送给别人；但如果我们有一座花园，送一百朵花给别人也会在所不惜！化解执着，首先是使我们拥有一座春夏秋冬都盛放的花园，而不只照顾一朵花；其次是珍惜每一朵花犹如整座花园，使每一朵花的颜色都能放怀展现；再次是不仅欢迎别人参观花园，并乐于送花给别人，乐于看人人都有花园。

在这广大的人间，我们的一朵花是多么渺小，若我们能使繁花盛开，自我的一点兴谢也就了无遗憾！

生命不过数十寒暑，迅疾犹如春天的闪电雷声，若知道春雷一过，万物苏醒，则短暂的慧心一耀，也足以令人动容。

执着的化解是智慧的开端，智慧开了，执着自然冰消。开悟的人，一朵花就是一座花园，一座花园是一朵花，是不需要什么争辩的。我又想起无门慧开的句子：

> 识得最初句，便会末后句。
> 末后与最初，不是者一句！

那里面热不热？

禅是活生生的，就像我们在生命的进程中，成功与失败都是活生生的。一个人要进入禅的道路，是使生活活转过来，使心活转过来，勇敢来对待人生的挑战，让我们的花努力地开起来，而不是孤零零地在微雨中抖颤。

禅是承担，不是避世。

凡是避世冷酷的心，不是禅心。

《指月录》里有个脍炙人口的故事，有一位老太婆建了一座茅庵，供养了一位修行人。她常叫少女送饭给和尚，经过二十年，她想看看和尚的功夫如何，于是叫少女送饭的时候抱住和尚问说："正这么时如何？"

少女依言而行，和尚回答说："枯木倚寒岩，三冬无暖气！"

少女回来把和尚的话告诉老太婆，老太婆很生气地说："我二十年供养，只得个俗汉！"于是，把和尚赶走，把茅庵也烧了。

"枯木倚寒岩，三冬无暖气"多么酷冷，禅是要"能杀能夺，能纵能活"，是要"青天白日，明明太空"，是要"绵绵密密，点滴不漏"，是一座百花齐放的园子，而不是开在悬崖的枯木。

　　　　雁的影子留在地上，但它并无留踪之意。
　　　　水面上映照着一切，但它并无取影之心。

　　　　窗前的叶子画着风的形状，却不需用笔。
　　　　院子的菊花一瓣瓣地凋落，却依然从容。

雨后山岚缭绕飘浮，反而增加山的青翠。
水里游鱼穿梭旅行，益发感到水的清明。

小心喂路过的鸽子，它不是为你才飞来。
不要惊动花上的蝶，它并非为你而美丽。

午夜的钟声
一声　响过　一声
黄昏的微风
一阵　凉似　一阵……

　　每一个我们在当下体验的真实，都是生命中的一朵鲜花，所以我们要好好开发花园，不要只执着一朵花。

　　慧春禅师，六十岁的时候知道了自己要离开人世，吩咐寺里的僧人在院子堆起木柴，她安详地坐在木柴上，叫人从四面同时点火。

　　"禅师呀！"一位和尚看着腾起的火焰问道，"那里面热不热？"

　　"只有愚痴的人才会关心这个问题。"慧春回答，话声甫落，人埋在火焰中，很快就化为灰烬了。

　　伟哉慧春！智慧有如园中的繁花，开放时是多么从容，凋谢时又多么地镇定呀！

香严童子

有一天，孩子问我："为什么菩萨都喜欢香的气味呢?"

"你怎么知道菩萨喜欢香的气味?"我说。

"要不然，我们为什么要用香来供养菩萨?"孩子又问。

我就对孩子说，一是沉香是人间最单纯悠长的香，所以我们喜欢，菩萨也喜欢。二是有时候我们不知道菩萨喜欢什么，就把自己最喜欢的东西拿来供养菩萨。

本来，我要对孩子讲《楞严经》里香严童子的故事，后来想到它是很难懂的，就作罢了。

佛陀问菩萨及阿罗汉：大家是如何修学而进入圆通的境界?

香严童子的回答是："我闻如来教我谛观诸有为相，我时辞佛，宴晦清斋，见诸比丘烧沉水香，香气寂然来入鼻中，我观此气，非木非空，非烟非火，去无所着，来无所从，由是意销，发明无漏。"

（我听了佛陀教导要仔细观察一切有为法的现象，我就辞别佛陀，独自清心安静地修行。有一天看到比丘在点燃沉水香，香气寂然无声地进入我的鼻孔。我观照这阵阵香气，它既不是木头，也不是虚空；既不是烟，也不是火。它飘去的时候一点也不执着，它飘进我的鼻孔也不知从何而来。我的意识也和沉香的香气一样，一时销亡清净，由此证得无漏的果位。）

从香严童子的话，使我们知道烧香的行为应该更深一层地观照，佛殿里的香不只能洁净空气、驱赶蚊虫、化解污秽之感，而且可以庄严道场，使人得到清心定意之功。像香严童子因观香气而证得果位的修行，是最上乘的燃香。

香严童子又说："如来印我得香严号，尘气倏灭，妙香密圆，我从香严，得阿罗汉，佛问圆通，如我所证，香严为上。"

（佛陀印证了我的修行，赐给我"香严"的名号，尘俗意气一时消灭，自性妙香周密圆满，我就是从香气的庄严证得阿罗汉的果位，佛陀叫我报告如何圆满通达佛法，如果依我所证得的，以香气的庄严为第一。）

从香严童子的修行过程，我们是不是心开意解，对佛教要烧香，并且要烧好香，有更深的认识呢？像"沉水香"就是现在我们说的"沉香"，因其生长期很久，成树后外朽心坚，置水则沉入水底，故而得名。从前的人要烧沉香很不容易，只有富贵人家才行，现在沉香已经很普及化了，我们应该烧好的沉香，不要烧粗制滥造的香。

一炷好香带给我们心灵的力量，胜过一大把普通的香。

因此，台湾民间谈到有福报的人常说："是伊祖公仔烧好香。"不是没有道理的，常烧好香，心定意澄，香光庄严，福气必会随香气而至。祖先烧好香都可以带给子孙大福报，何况是由我们自己烧香来供养佛菩萨呢？要是烧香的时候，还能仔细观照香气"非木非空，非烟非火，去无所着，来无所从"，也观照自性的香气，就更殊胜了。

　　辞典里，对"香严童子"的解释是："由悟香尘，严净心地，得童贞行，故曰香严童子。"三复斯言，感觉上香严童子就站在我面前这一缕沉香的最高远处，对着众生微笑，天真、明净，全身都沐浴在香气里。

金色莲花

有一次，南泉普愿禅师偶然到达一个村庄，不料见到庄主在外迎接。

这使南泉大为惊讶说："我凡是要到一个地方，事前从未告诉别人，你怎么知道我今天要来呢？"

庄主回答说："昨晚我做了一个梦，梦到土地公说你今天会来，所以就出来迎接。"

南泉叹口气说："这是我修行还未到家，所以才会被鬼神看到呀！"

若鬼神可见，则仍在"有"里，要"空"到鬼神不见才是极处。

处辉真寂禅师就任方丈那一天，一位和尚问他："释迦牟尼佛说法时，地上常常开出金色莲花，今天你就职方丈，我们可以看到什么祥瑞呢？"

真寂说："我只是扫却门前雪罢了！"

南泉禅师与真寂禅师告诉我们的是同样的东西，真正的大道不需要任何神通与炫奇的涂染，地涌金莲当然是很好的，但没有金色莲花的平常时候，也是很好的。

玄妙能动人，却不如平常平易来得真实有情味，让我们人我两空，善恶俱离。修行人因此不必炫奇神通，也不要执着神通，同样，对待有神通的人，也要有平常的心。

神秀的徒弟道树禅师，和几个学生住在山上的时候，常出现一个异人，穿着奇怪，讲话十分夸张，并能随意变化，常化成佛、菩萨、罗汉等等形象。道树的学生都很害怕，但也不能对他如何，这位怪人一连作怪长达十年之久，最后终于消失了。

道树对弟子说："这个术士为了欺骗人心，施出千方百计，我应付他的方法，只是不见不闻。他的诡计虽然层出不穷，总有使完的一天，我的不见不闻则是无尽的。"

僧稠禅师住在嵩岳寺的时候，跟随他的有百位僧人，寺里的泉水正好够喝。一天诵经时，有一位妇人，穿破衣夹着扫帚，坐在台阶上听经，众僧便呵遣她，妇人脸有愠色，以脚踏泉，泉水立刻就枯竭了，人也随之化去。

众僧惊慌地禀告僧稠禅师，禅师叫了三声"优婆夷！"妇人才现身。禅师说："众僧行道，宜加拥护。"妇人用脚拨泉水，水即上涌，众人才知她是神人。

僧稠在鹊山修行时，也有神来挠之，抱肩捉腰，气嘘项上，僧稠因而入甚深禅定，九日才起。

后来，他住在怀州王屋山，闻两虎相斗，咆声震动山林，僧稠用锡杖丢去，两虎止斗而去，这时有两卷仙经出现在他的禅床，他说："我本修佛道，岂拘域中长生者乎？"说完，仙经就消失了。当他移住青罗山的时候，有时打坐疲困，在床前舒脚，便有天神来扶脚，令他重新跏坐。

　　这使我们知道，修行者四周必有神异之事，神人或扰或助，那是犹其余事，若能心净神空，则神通是自然的外境，既是外境，就应该放下。

一种温存犹昔

最近重看了两次电影《齐瓦哥医生》，这部电影最让我感动的不是俄国大革命，也不是齐瓦哥本身的人与事，而是在战地里，齐瓦哥站在野战医院的阳台上，看着拉娜坐车渐行渐远的情景。马车"嗒嗒嗒嗒"走向生命里不可知的道路，那样的情境常让我想起几句诗："惊起却回头，有恨无人省，拣尽寒枝不肯栖。"虽是惊鸿一瞥，却是一种温存犹昔。

有时候，马车是一种很好的象征，或是我们坐马车走了，那人站在阳台痴痴地望着，或是那人随车在夕阳中的晚风里消逝，而我们独自站在远处忍受临晚的寒冷。生命的分分合合百结千缠，仿佛不容易理清，但是一到分离时刻，却简单得叫人吃惊，留下的只是一庭凄冷，以及凄冷中旧日的温存。

温存有时不免嫌少，但它是会发酵的，久久酝酿就溢满了我们的胸腔，终致于缠绵悱恻、不能自已，这也就是为什么最感动我的总是马车远去的一刻，而不是马车驰来的时候。

也许真如你说的：在这条寂寞的道路上，我们总在寻找历尽沧桑后的一点温存。

你提起到新墨西哥州小镇去玩的经验，你说："这是一个鸟不生蛋的小镇，它的贫穷与落后，看起来不像是美国，但是却也亲切有趣。每天下午，我们跑到附近的一个公园里，那里有广大的绿色草坪和起伏的山丘。我们以书枕头，互诉所受、所感、所梦、所得。看着蓝色的天空和高直的树木，觉得这种相聚相通的日子真是不多呀！"我很是羡慕，也想起学生时代那一段黄金般的、以书当枕的日子。它浪漫到我每次想起来都几乎要醉了，现在虽然也保持着我们那个时候常说的"每一根神经末梢都充满了感情"的浪漫精神，到底在心灵的围城里日渐荒疏了。连刻骨铭心的爱，如今说起来也是云淡风轻，好像轻轻一吹就飞到天边去了。

生命的事总是有失有得。

我们年轻的时候，每天都在草坪上谈爱情，谈理想，谈抱负，谈许多不可能实现的空幻的梦想，或者骂炎凉世事，骂情义淡薄，骂离合悲欢。我们觉得以爱为灯就必能找到光明的美丽的新世界，必能照亮我们生命的前程。

一旦前程成为往事，我们被钟爱的人背负，我们尝到了人世冷暖，我们的理想与抱负都渺远如天边的星火，这时我们成长了。可是成长的代价呢？我们似乎走进了我们以前骂的范围内，变成冷漠无情的一类。我们虽然始终相信自己是深情的，可是个人的深情有什么用处呢？不过是在我们午夜回思之际，酸苦一如初春未熟的葡萄，生活也就变成吃剩的一串葡萄藤，忧郁的蓝色支脉往四面八方零乱地亢张着。那饱满富弹性的美丽果实被社会一口一口地吞噬了——我常把吃剩的葡萄藤一串串挂起来，用以警惕自己，不可无情，不可失去追寻正义的勇气，也万不可让那盏年轻时点着的灯熄灭了。

　　唉！

　　千万种风情，更与何人说？

　　知道你又在假期跑到纽约去小住了。谈到纽约，你说："有过气的艺术家，有堕落的文人，有仍在苦撑的理想追寻者，有奇招不断的'怪杰'们。我们夜夜访些有趣的地方，往日嬉皮时代有名的格林尼治村也依旧浪漫如昔。此外，花街柳巷、百老汇、第五街、旧日意大利黑手党的集中地……"然后你不免也痛骂起纽约的无情与堕落，说："到底能不能既使都市发展，也能使人们有情有义呢？到底有没有绝对的真理呢？"

　　我真是为你高兴。

　　我一直深信，对于"无情"与"堕落"，我们还能生气，还能痛骂，那表示我们还有希望，还有热血，还没有变成一个俗人。如果我们看见一件不满的事时，不能鼓起腮、挥起腰来求全责备，那么我们恐怕也就没有什么作为了。

　　最近，朋友中流行着一种说法。在很优美的情境下，他们常说："就这样死去，也没有遗憾了。"这种纯粹的浪漫主义的想法泛滥的结果是，坐在淡水海边看夕阳和归帆时，也感叹道："在这样美的情境下死去也无憾了。"吃到一桌好菜时也说："吃这么好的菜，现在撑死也就无憾了。"仿佛我们所追求的东西竟是这么单纯，生命的大原则都在其次了。

　　我不反对浪漫，但是我觉得如何在高度的浪漫里还不忘失理想的追求，才是较好的生命态度。因为我们只有一条命，要卖给识货的人；我们只有一条道路，要能有情感的冲动，也应该兼修理性的沉思。

　　这就像是，我们读着一本很厚的书，翻着翻着，书里落下几片年轻时夹入的枫叶，平整而枯干，但是年轻时鲜红色的有生命的历程全涌发出来了。我们不能随意死去，因为书还很厚，说不定下一次掉出来的是依然雪白如初的一朵茉莉花呢！

情困与物困

我有一个朋友，爱玉成痴。

他不管在何时何地见到一块好玉，总是想尽办法要据为己有，偏偏他又不是很富有的人，因此在收藏玉的过程中，吃了许多的苦头，有时到了节衣缩食三餐不继的地步。

有一回，他在一个古董商那里见到了一个白玉狮子，据说是汉朝的，不论玉质、雕工全是第一流的。我的朋友爱不忍释，工作也不太做了，每天都跑去看那块玉，看到眼睛都发出红火，人被一团火炙热地燃烧。

他要买那块玉，古董店的老板却不卖，几经折腾，最后，我的朋友牺牲了他所居住的房子，才买下了那个白玉狮子，租住在一个廉价的住宅区内。

他天天抱着白玉狮子睡觉，出门时也携带着，一遇到人就拿出来欣赏，自己单独的时候，也常常抚摸那座洁白无瑕的狮子发呆。除了这座狮子，他身上总随时带着他最心爱的几件收藏。有时候感觉到一个男子，从口袋里、腰带间、皮包内随时掏出几块玉来，真是不可思议的事。

他玩玉到了疯狂的地步，由于愈玩愈精，就更发现好玉之难求，因为好玉难求，所以投入了全部的家当。幸好他是个单身汉，否则连老婆也会被他当了。到最后，他房子也卖了，车子也没了，工作也丢了，为什么丢掉工作呢？说来简单："我要工作三年，才能买一件上好的玉，这样的工作不做也罢了！"

朋友成为家徒四壁的人，每天陪伴他的只有玉了。后来不成了，因为玉不能吃，不能穿，只好把他最心爱的玉里等级比较差的卖给别人，每卖一件就落一次泪，说："我买的时候是几倍的价钱，现在这么便宜让给别人，别人还嫌贵。"

有一次，他租房子的房东逼着要房租，逼得急了，他一时也找不到钱，就把白玉狮子拿了出来，说："这块玉非常地名贵，先押在你这里，等我筹足了房钱，再把它赎回来。"可惜他的房东是个老粗，对他说："俺要你这臭石头干么！万一不小心打破了还嫌烦呢！你明天找房钱来，不然我把你丢出去！"

朋友对我讲这个故事的时候，泣不成声。在痴爱者眼中的白玉狮子是无可比拟的，可以用房子去换取，然而在平常百姓的眼中，它再名贵，也只是一块石头。

有一次我在台北"故宫博物院"看玉的展览，正好遇到了乡下的一个旅行团，几个乡下的欧巴桑看玉看得饶有兴味。我凑过去，发现她们正围着那个最有名的国宝"翠玉白菜"观看，以下是她们对话的传真：

"哇！真巧，雕得和真的白菜一模一样，上面还有一只肚猴呢！"

"这个刻得那么像，一个大概是值好几千块吧！"

一位看起来是权威人士的欧巴桑说："你嘛好了，不识字又兼不卫生，什么好几千，这一个一定要好几万才买得到！"

我把这个故事说给朋友听，他因此破涕为笑，我说："你看故宫博物院的好玉何止千万块，尤其是小品珍玩的部分，看起来就知道曾有一位爱玉的人在上面花下无数的心血，可是他死的时候不能带走一块玉，我们现在看那些玉也不能知道它曾经有过多少主人，对于玉，能够欣赏的人就算拥有了，何必一定要抱在手里呢？佛经里说'智者金石同一观'就是这个道理。

"爱玉固然是最清雅的嗜好，但一个人爱玉成痴，和玩股票不能自拔，和沉迷于逸乐又有什么不同呢？"

朋友后来彻底地觉悟，仍然喜欢着玉，却不再被玉所困，只是有时他拿出随身的几块玉还会感慨起来。

物固然是足以困人，情更比物要厉害百倍。对于情的执迷，为情所困，就叫"痴"，痴是人世间的三毒之一（另外两毒是贪与嗔）。情困到了深处，则三毒俱现，先是痴迷，而后贪爱，最后是嗔恨以终。则情困是一切烦恼的根源，没有比这个更厉害了。

被情爱所系缚，被情爱所茧结，被情爱所迷惑，被情爱所执染，几乎是人间不可避免的，但当情爱已经消失的时候，自己还系缚茧结自己，自己还迷惑执着自己，这就是真正的情困。

有一次我遇到一位中年的妇女，她的朋友都已经儿女成群，可是她没有结婚，没有结婚的理由很简单，因为她忘不了二十年前的一段初恋。

她的初恋有什么不凡吗？为何她不能忘却？其实也没有，只是一个少男一个少女在学校里互相认识了，发誓要长相厮守，最后这个男的离开了，少女独自过着孤单的心灵生活，一过就是二十年。

这么普通的故事，她也说得眼泪涟涟，接着她说："不过，这些都已经是过去的事了。"

我说："在时间上，你的故事已经过去，实际上一点也没有过去，因为你的心灵还被困居在里面。到什么时候才算过去呢？就是你想起来的时候，充满了包容和宽谅，并且不为它所烦恼，那才是真正过去了。"

"做得到吗？"

"做得到的，在这个世界上为情沉溺的人固然很多，但从沉溺中走到光明的岸上的人也不少。因为他们救拔了自己，不为情所困。"

我把情说成是沉溺，把救拔说成是走到光明的河岸，是有道理的。我们在祝福一对新人时，最常用的一句话是"永浴爱河"。

"爱河"的譬喻出自《华严经》，《华严经》上说："随生死流，入大爱河。"为什么说是爱河呢？由于爱欲和河一样具有三种特性，一种是容易使人沉溺，不易自拔。第二种是爱欲的心就像河水一样，能浸染入最深的地方，例如我们用铁锤击石，石头会碎裂，但不能击碎每一个分子，可是如果我们把石头丢入河里浸染，它可以湿濡石头的任何一个分子，年深日久甚至把它们分解成粉末。第三种是难以渡越，不管是贩夫走卒、王公将相，都无法一步跨过河的对岸，同样的，要一步从情爱的束缚中走过也非常地不易。

我想起《杂阿含经》里记载的一个故事：有一次释迦牟尼对弟子说法，他问他们："你们认为是天下四个大海的水多，还是在过去遥远的日子里，因为和亲爱的人别离所流的眼泪多呢？"

释迦牟尼的意思是,从遥远的过去,一生而再生的轮回里,在人无数次的生涯中,都会遇到无数次离别的时刻,而流下数不尽的眼泪,比起来,究竟是四大海的海水多,还是人的眼泪多呢?

弟子回答说:"我们常听见世尊的教化,所以知道,四个大海总量的总和,一定比不上在遥远的日子里,在无数次的生涯中,人为所爱者离别而流下的眼泪多。"

释迦牟尼非常高兴地称赞了弟子之后说:"在遥远的过去中,在无数次的生涯中,一定反复不知多少次遇到过父母的死,那些眼泪累计起来,正不知有多少!在遥远的无数次生涯中,反复不知多少次遇到孩子的死,或者遇到朋友的死啊!或者遇到亲属的死啊!在每一个为所爱者的生死离别含悲而所流的眼泪,纵是以四个大海的海水,也不能相比啊!"

这是多么可叹可悲,人因为情苦与情困,不知道流下了多少宝贵的泪珠。情困如此,物困亦足以令人落泪,束缚在情与物中的人固然处境堪怜,究竟不能算是第一流人物。什么是第一流人物呢?古人说:"岭上多白云,只可自怡悦,不堪持赠君,自是第一流人物。"

第一流的人物看白云虽是至美,却不想拥有,只想心领神会,这是多么高的境界。当我们知道其实在今生今世,情如白云过隙,物则是梦幻泡影,那么还有什么可以抱老以终的呢?

第一流人物犹如一株香花,我们不能说这株花是花瓣香,也不能说是花茎香;我们不能说是花蕊香,也不能说是花粉香;当然不能说是花根香,也不能说是花叶香……因为花是一个整体,当我们说花香时,是整株花的香。困于情物的人,往往只见到了自己那一株花里一小部分的香，忘失了那株花，到后来失去了自己，因此，这样的人不能说是第一流的人物。

第一流的人物，不在于拥有多少物，拥有多少情，而在于能不能在旧物里找到新的启示，能不能在旧情里找到新的智慧，进出无碍。万一不幸我们正在困局里，那么想一想：如果我是一只蛹，即使我的茧是由黄金打造的，又有什么用呢？如果我是一只蝶，身上色彩缤纷，可以自在地飞翔，则即使在野地的花间，也能够快乐地生活，又哪里在乎小小的茧呢？

可叹的是，大多数人舍不得咬破那个茧，所以永远见不到真正的自我、真正的天空。

一九八五年六月一日

学看花

现代通家南怀瑾居士，有一次谈到他少年时代，一心想学剑的故事。

他听说杭州西湖城隍山有一个道人是剑仙，就千里迢迢跑去求道学剑，经过很多次拜访，才见到那位仙风道骨的老人。老人先是不承认有道，更不承认是剑仙，后来禁不起恳求，才对南先生说："欲要学剑，先回家去练手腕劈刺一百天，练好后再在一间黑屋中，点一支香，用手执剑以腕力将香劈开成两片，香头不熄，然后再……"

老人说了许多学剑的方法，南先生听了吓一跳，心想劈一辈子也不一定能学会剑，更别说当剑仙了，只好向老人表示放弃不学。这时，老人反过来问他："会不会看花？"

"当然会看。"南先生答曰，心想，这不是多此一问吗？

"不然，"老人说，"普通人看花，聚精会神，将自己的精气神，都倾泻到花上去了，会看花的人，只是半觑着眼，似似乎乎的，反将花的精气神，吸收到自己身中来了。"

南先生从此悟到，一个人看花正如庄子所说："与天地精神相往来"，不只是看花，乃至看树、看草、看虚无的天空，甚至看一堆牛粪，不都是借以接到天地间的光能？看花的会不会，关键不在看什么，而在于怎么看。

所以，南先生常对跟他学道的人说：先学看花吧！

南先生所说的"学看花"和禅宗行者所说的"瓦砾堆里有无上法"意思是很相近的，也很像学佛的人所说的"细行"，就是生活中细小的行止，如果在细行上有所悟，就能成其大；如果一个人细行完全，则动行举止都能处在定境。因此，细行对学佛的人是非常重要的，民初禅宗高僧来果禅师就说："我人由一念不觉，才有无明，无明只行细行，未入名色。今既复本细行，是知心源不远……他人参禅难进步，细行人初参即进步。"

我们常说修习菩萨道，要注意"三千威仪，八万细行"，就是指对生活的一切小事都不可空忽，应该知道一切的语默动静都有深切的意义。

顾全细行，究竟有什么意义呢？

从前，佛陀在世的时候，有一天到忉利天宫，帝释（即俗称玉皇大帝）设宴供养，佛陀即把帝释也化成佛的形相，佛陀的弟子目连、舍利弗、迦叶、须菩提等人随后到了忉利天，看到两个佛陀坐在里面，不知道哪一位才是佛陀，难以向前问礼。目连尊者心惊毛竖，赶紧飞身到梵天上，也分不清哪一个是佛，又远飞至九百九十恒河沙佛土之外，还是分不清（因为佛法身大于帝释，理论上应该从远处即可分清）。

目连尊者急忙又飞身回来，找舍利弗商量要怎么办。舍利弗说："诸罗汉请看座上哪个有细行？眼睛不乱翻，即是世尊。"

佛陀的弟子这时才从细行分出真假佛陀，齐向佛前问礼，佛陀对他们说："神通不如智慧，目连粗心，不如舍利弗细行。"
（按，目连是佛弟子中神通第一，舍利弗则是智慧第一。）佛陀的
意思是智慧是从细行中生出，只有细行的人才能观到最细微深刻
的事物。

　　细行，包括行、住、坐、卧、言语、行事、威仪等等一切生
活的细微末节，来果禅师就说一个人能细行，到最微细处，能听
到蚂蚁喊救命而前去救护，他曾说到自己的经验："余一日睡广
单（即通铺），闻声哭喊，下单寻觅，见无脚虱子，在地乱碰乱
滚。"心如果能细致到这步田地，还有什么不能办呢?

　　民初律宗高僧弘一大师，是南山律宗的传人，持戒最为精
严，平时走路都怕踩到虫蚁，因此常目视地上而行。弘一大师的
事迹大家在《弘一大师年谱》《弘一大师传》中都很熟悉，但有
一件事是大家比较不知道的：

　　弘一大师晚年受至友夏丏尊先生之托，为开明书局书写字典
的铜模字体，已经写了一千多字，后来不得不停止。停止的原
因，弘一大师在写给夏丏尊的信中曾详细述及，最重要的一个原
因，他写道："去年应允此事之时，未经详细考虑，今既书写之
时，乃知其中有种种之字，为出家人书写甚不合宜者。如刀部中
残酷凶恶之字甚多。又女部中更不堪言。尸部中更有极秽之字。
余殊不愿执笔书写。"最后，弘一大师无可奈何地写道："余素重
然诺，绝不愿食言，今此事实有不得已之种种苦衷，务乞仁者向
开明主人之前代为求其宽恕谅解，至为感祷。"

　　我读《弘一大师书简》到这一段时，曾合书三叹，这是极精
微的细行，光是书写秽亵的字就觉得污染了自己的身心。我近年
来也颇有这样的体会，对我们靠文字吃饭的人，读到弘一大师的

这段话，能不惭愧忏悔吗？

当然，我们凡夫要做到高僧一样的细行，非常困难，不过从世俗的观点看来，要使自己的人格身心健全，细行仍然是必要的，怎么样学细行呢？

先学看花！再学看牛粪！

学看花固然是不因花香花美而贪着，学看牛粪则也不因粪臭粪恶而被转动，这样细行才守得住。正是佛陀在《杂阿含经》中说的："诸所有色，若过去若未来若现在，若内若外，若粗若细，若好若丑，若远若近，彼一切非我，非我所，如实观察受想行识，亦复如是……如是观察，于诸世间都无所取，无所取故，无所着；无所着故，自觉涅槃。"

佛经里常以莲花喻人，若我们以细行观莲花，一朵莲花的香不是花瓣香，或花蕊香，或花茎香，或花根香，而是整株花都香，如果莲花上有一部分是臭秽的，就不能开出清净香洁的莲花了。此所以有人把戒德称为"戒香"，只有一个人在小节小行上守清规，才能使人放出人格的馨香，注意规范的本身就是一种香洁的行为。

会看花的人，就会看云、看月、看星辰，并且在人世中的一切看到智慧。

"会看"就要先有细致的心，细致的心从细行开始，细行犹如划起一支火柴，细致的心犹如被点燃的火炬，火炬不管走进多么黑暗的地方，非但不和黑暗同其黑暗，反而能照破黑暗，带来光明！火炬不但为自己独自照亮，也可以分燃给别人，让别人也有火炬，也照亮黑暗。

此所以莲花能出污泥而不染。

此所以仁者能处浊世而不着。

细行能成万法，所以不能小看看花，不能明知而走错一步，万一走错了要赶紧忏悔回头，就像花谢还会再开！就像把坏的枝芽剪去，是为了开最美的花。

那么，让我们走进花园，学看花吧！

青草与醍醐

我们去看朋友，随意谈起近日的生活，得到的常是一声叹息："好烦呀!"

有时坐在办公室中，左边不时传来叹息的声音，而右边有人推开一大叠待处理的文件："真是烦死了!"

还有一些时候，会接到不速的电话，我们耐着性子唯唯诺诺地听着，好不容易挂断电话，忍不住喘一口气说："真烦!"

最让人心惊的是我们的孩子，放学回家突然蹦出一句："这种日子真是烦!"

有一回，我看见亲戚读小学一年级的孩子坐着发愁，走过去正想安慰他，他突然这样说："少来烦我，我心情不好。"

这是个令人着烦的世界，工作的时候烦工作，生活的时候烦生活，忙碌时为奔波而烦，休息时为寂寞而烦。坐在家里也烦天下大事，走到室外又烦着环境与人群。

一个朋友说得最好："如果有一天清晨醒来，心情很好，能维持这好心情一直到入睡，就是谢天谢地了。"

烦死人的工作! 烦死人的家事! 烦死人的孩子! 烦死人的电

视！烦死人的天气！

虽然不至于真被烦死，时间却在忧烦中一寸一寸地死去了。

恼人的事也不少，孩子为上课、考试、升学而恼恨着；青年为爱情、婚姻、工作而恼恨着；大人为衣食、升迁、权位而恼恨着。恼恨着自己，恼恨着环境，恼恨着这个世界。

烦恼的本质

有一个孩子这样问我："我真希望生在古代，因为现代有太多令人烦恼的事。古代人不知道会不会像我们这么烦恼？"

"自从人生在这个世界，烦恼就随着诞生了，不管生在古代、现在，或者未来；不管生在中国、美国，或者非洲。人虽有古今，地虽有南北，人性没有什么不同，烦恼的本质也是一样的。"我说。

"什么是古今中外相同的烦恼本质呢？"孩子问。

"这是一个大的问题，我想我们还是从佛经的观点来谈吧！"

在佛经里，非常确定的就是人的烦恼，凡人必有烦恼的本质，烦恼的起因与反应可以大别为两种，就是"根本烦恼"与"随烦恼"——根本烦恼是烦恼的基本原因，随烦恼是随着根本烦恼的反应而生出的烦恼。

在根本烦恼的种子，随烦恼芽苗的生长中，佛教把烦恼说成八万四千种烦恼，这是一个无限的概数，事实上，这世界上的烦恼何止八万四千呢？

为了使烦恼得到对治，佛教共有八万四千法门，也就是八万四千的菩提。这不仅仅是消极疗治的态度，而是一种积极的观点，是说任何一个烦恼都会带来一个觉悟、一次启发、一点智慧，所有的烦恼都是智慧的芽种，所有的智慧则正是烦恼结出来的花果。

由此观点，我们可以肯定地说：我们如果过的是无烦恼的人生，必然的，我们就会过无智慧的人生。

牛饮水成乳，蛇饮水成毒

所以，在一个更大的视野之中，烦恼就是菩提，菩提就是烦恼，是一体不二的。

这有一点像一个钱币的两面，两面虽有不同，钱币是同一个。在《法集经》里，有一位奋迅慧菩萨问无所发菩萨什么叫做菩提。无所发菩萨说："善男子！言菩提者，无分别，无戏论法，即其言也。善男子！见我者，名为戏论，此非菩提；远离我见，无有戏论，名为菩提。善男子！着我所者，名为戏论，此非菩提；远离我所，无有戏论，名为菩提。随顺老病死者，名为戏论，此非菩提；不随顺老病死，寂静无戏论，名为菩提。悭、嫉、破戒、嗔恨、懈怠、散乱、愚痴、无智，戏论，此非菩提；布施、持戒、忍辱、精进、禅定、智慧，无戏论法，名为菩提。邪见，恶觉观、恶愿，名为戏论，此非菩提；空、无相、无愿，无戏论法，名为菩提。"

这里说明了遇到烦恼的时候，一个人如果随顺于烦恼就不是菩提，只有心不染着，能转烦恼为智慧的才是菩提。

烦恼的本质虽同，但因人所见而异，佛陀在《华严经普贤行愿品》中说："牛饮水成乳，蛇饮水成毒；智学成菩提，愚学为生死；如是不了知，斯由少学过。"——烦恼只是水一样的东西，有智慧的人因它而觉悟，愚笨的人因它而随入生死，这就像牛吃了水化成牛乳，而蛇喝了水反而变成毒汁一样。

这是一个多么高明的比喻，佛陀在《大般涅槃经》里也讲了一个同样高明的比喻："雪山有草，名曰肥腻，牛若食者，纯得醍醐，无有青黄赤色白黑色。谷草因缘，其乳则有色味之异。是诸众生，以明无明业因缘故，生于二相。若无明转，则变为明。一切诸法，善不善等，亦复如是，无有二相。"

我们译成白话是："在雪山上有一种肥腻的草，牛吃了这种草就产出纯净的牛乳，不会有青黄赤白黑等颜色。只是由于吃谷草的因缘，使牛乳有一些颜色味道的差别，牛乳是牛乳则都是一样的。这就像各种众生，由于明、无明、业力、因缘的不同，而生出相异的相，如果能把无明的沉迷转了，心就开悟明净，一切诸法，善或者不善都像是这样，只要能转，就没有不同了。"

以上这段经文，是明白地触及了烦恼与菩提的人生本质毫无二致，人迷于事理则成烦恼，人悟于事理就化为菩提，因此，佛陀在《仁王护国经》里说了一段著名的话：

　　菩萨未成佛时，以菩提为烦恼。菩萨成佛时，以烦恼为菩提。何以故？于第一义，而不二故，诸佛如来，乃至一切法如故。

　　　　火中生莲，　转识成智

烦恼与菩提不二如一的实性，时常受到小根器的人怀疑。甚至连小乘行者都不免生出分别之心，认为必须先破烦恼、断烦恼、舍烦恼才能求菩提，在六祖的时代，就曾有一位薛简问过同样的问题，我们来看六祖的见解。

薛简问道："明喻智慧，暗喻烦恼，修道之人，倘不以智慧照破烦恼，无始生死，凭何出离？"

六祖说："烦恼即是菩提，无二无别，若以智慧照破烦恼者，此是二乘见解、羊鹿等机。上智大根，悉不如是。"

薛简问："如何是大乘见解？"

六祖说："明与无明，凡夫见二，智者了达，其性无二，无二之性，即是实性。实性者，处凡愚而不灭，在贤圣而不增，位烦恼而不乱，居禅定而不寂，不断不常，不来不去，不在中间，及其内外，不生不灭，性相如如，常位不迁，名之曰道。"

这样深辟的见解是连断、舍、破的观点都不许的，必须把烦恼与菩提合起来看，在《大方广宝箧经》里，文殊菩萨曾对佛陀的弟子须菩提开示，说："譬如陶家，以一种泥，造种种器。一火所熟，或作油器苏器蜜器，或盛不净。然是泥性，无有差别；火然亦尔，无有差别，如是如是，大德须菩提！于一法性一如一实际，随其业行，器有差别。苏油器者，喻声闻缘觉；彼蜜器者，喻诸菩萨；不净器，喻小凡夫。"

烦恼是陶土，菩提是陶器，泥土的性质是一样的，不同的是，菩萨用来盛蜂蜜，而凡夫用来装臭秽的东西！

用譬喻来说明烦恼与菩提关系的经典非常多，我们现在来看民初的高僧慧明法师对它的解释，他进一步指出烦恼与菩提有二义，一者火中生莲义，二者转识成智义。

关于火中生莲，他说："火喻烦恼，莲喻菩提，烦恼是苦，菩提是乐。学佛人要由苦得乐，须于烦恼火宅之中，生出红莲，方为究竟。何以故？火有毁灭之威，不实之物，一经其焰，莫不随之而化；亦有锻炼之功，坚真之质，受其熔冶，即成金刚不坏之体……可知烦恼之火，即菩提之因，此即火中生莲之义。"

关于转识成智，他说："着相分别为识，即相离相为智，识即烦恼，智即菩提。何以故？烦恼由无明业识而生，菩提由清净慈悲而长，惟识与智，非一非二，所以者何？识是妄，智是真，离真无妄，离妄无真故，众生迷真逐妄，遂生烦恼，烦恼愈深，离真愈远。若发心真切，磨砺功深，则忽然识妄为幻，进而不离于幻，即幻为真，进而不着于真，当下清凉，识即成智。……可知烦恼与菩提，皆是一心，本无自性，能转烦恼为菩提，即是贤识成智义。"

好好珍视我们的烦恼

烦恼与菩提的关系，到这里已经非常清楚地呈现出来，它像青草与醍醐，像泥土与蜜器，像烈火与红莲，是不可分的。这也像《维摩经》《大宝积经》中说到污泥中的莲花，莲花生于污泥正如醍醐为青草所化一样。

所以，当小乘行人为修惑、断惑而取涅槃的时候，大智大悲的菩萨却投入惑中，为了济度众生，情愿不断烦恼以利益有情，这种心愿非常地动人，但它的实相是，烦恼正是菩提，菩萨在烦恼里才能锻炼智慧（智增菩萨），也才能广发悲心（悲增菩萨）。我们想想看，如果菩萨不在烦恼中，智慧由何而来？慈悲从何而来？如果菩萨不在烦恼中取菩提，又如何济度为烦恼所苦的众生呢？

明白烦恼菩提不二如一的要义，不仅对我们出世般若有帮助，对人世智慧也有很大的启发，这使我们有更积极的勇气来面对人生，使我们有更清明的灵思来承受烦恼。到了一天，我们每一朵烦恼的烈焰都烧出一朵菩提的红莲，我们每一株烦恼的杂草都生出一滴清纯的乳汁，我们每一块烦恼之土都铸成一个精美的器皿，我们每一分情都是慈悲与智慧的结晶，那时候，我们才能体验到最净、真我、妙药、常住的无上最胜菩提。

我们再来谈《维摩经》中动人的一段吧！

维摩诘问文殊师利："何等为如来种？"

文殊师利言："有身为种，无明、有爱为种，贪、恚、痴为种，四颠倒为种，五盖为种，六入为种，七识为种，八邪法为种，九恼处为种，十不善道为种。以要言之，六十二见及一切烦恼，皆是佛种。"

好好珍视我们曾经承受过的烦恼，珍视现在正处着的烦恼，因为其中的每一个，都是佛种！

一九八六年九月一日

莲瓣之不朽

供养佛的莲花凋谢了，花香仍在，并且带着供养过佛的特有的清净，弃之可惜。

我把莲瓣与莲蕊取下，铺放在白纸上。几天以后，莲花完全干透，香味仿佛隐去，只有颜色仍保有原来的清丽。那谢了的莲瓣仍有难思议之美，用水晶小瓶盛装摆在案前，它自己在清夜里就显现了庄严，这曾供养佛的莲花便如此地供养了自性。

已消失香味的莲瓣，香的本质并未失去，在开瓶的刹那从瓶中放散出来，就像那些有好本质的人把人格的馨香含孕在深处，唯有打开瓶塞的人才能闻见。

这些干了的莲瓣莲蕊很有大用，泡茶的时候丢几片进去，水中便有莲香，带着清越的气息；焚香的时候铺在炉底，当沉香燃烧时，莲花隐藏的魂魄就醒转过来，令人动容地流动在空中。

在我的手中，莲花谢了，但并不朽坏，这一点使我异常欢喜，也使我知道在这个世界上，只要有心，总有一些事物可以不朽。那焚烧成烟尘的莲瓣也不是朽坏消失，而是飘到不可知的远方。

草先萌

　　垦地播种的人都有一个经验，花未发而草先萌，禾未绿而草已青。

　　那草是不是从空中来的呢?

　　不是凭空有草，而是草的种子先在土地里，垦地时它就长了，播种时它已冒出头来。

　　同样的，一个人垦植心田，常是草先萌长，那是人的心田早有障蔽，这时要努力除草，勿令恶念蔓延，花才有开的机会。

针叶树

我们回想起生命的某段时间，有时感觉那段时间什么也没留下，只留下一本书或一场梦。

我们回想起情感的某个场景，有时忘记了情侣的表情和眼神，仅剩下一瓣花瓣或一朵云彩飘过的蓝天。

我们回想起心灵的某次受伤，有时已遗失了受伤那么严重的理由，只留下奔流的河水或水上的一片枯叶。

今天走过一片针叶树林，突然让我想起有一年的冬天，在针叶树的行道路上，一个少女背着我走向远处，我一直站着看她消失在我的视线外。

我抬起头来，看到天空刺眼的明亮，才知道自己的眼睛湿了，感觉到那两排针叶树的每一支针都用力扎进我的心，痛彻肺腑。但也在那时许下愿望，要让自己的心灵像针叶树的针，每一支都向光明与高处生长。

现在我已完全想不起那位少女的五官，却清楚记得针叶树向上生长的样子。

以智慧香而自庄严

有时会在晚上去逛花市。

夜里九点以后，花贩会将店里的花整理一遍，把一些盛开着的，不会再有顾客挑选的花放在方形的大竹篮推到屋外，准备丢弃了。

多年以前，我没有多余的钱买花，就在晚上去挑选竹篮中的残花，那虽然是已被丢弃的，看起来都还很美，尤其是它们正好开在高峰，显得格外辉煌。在竹篮里随意翻翻就会找到一大把，带回家插在花瓶里，自己看了也非常欢喜。

从竹篮里拾来的花，至少可以插一两天，甚至有开到四五天的，每当我把花一一插进瓶里，会兴起这样的遐想：花的生命原本短暂，它若有知，知道临谢前几天还被宝爱着，应该感叹不枉一生，能毫无遗憾地凋谢了。

花的盛放是那么美丽，但凋落时也有一种难言之美，在清冷的寒夜，我坐在案前，看到花瓣纷纷落下，无声地辞枝，以一种优雅的姿势飘散，安静地俯在桌边，那颤抖离枝的花瓣时而给我是一瓣耳朵的错觉，仿佛在倾听着远处土地的呼唤，闻着它熟悉的田园声息。那还留在枝上的花则是眼睛一样，努力张开，深情地看着人间，那深情的最后一瞥真是令人惆怅。

每一朵花都是安静地来到这个世界，又沉默地离开，若是我们倾听，在安静中仿佛有深思，而在沉默里也有美丽的雄辩。

许久没有晚上去花市了，最近去过一次，竟捡回几十朵花，那捡来的花与买回的花感觉不同，由于不花钱反而觉得每一朵都是无价的。尤其是将谢未谢，更显得楚楚可怜，比起含苞时的精神抖擞也自有一番风姿。

说花是无价的，可能只有卖花的人反对。花虽是有形之物，却往往是无形的象征，莲之清净、梅之坚贞、兰之高贵、菊之傲骨、牡丹之富贵、百合之闲逸，乃至玫瑰里的爱情、康乃馨的母爱都是高洁而不能以金钱衡量。

花所以无价，是花有无求的品格。如果我们送人一颗钻石，里面的情感就不易纯粹，因为没有人会白送人钻石的；如果是送一朵玫瑰，它就很难掺进一丝杂质，由于它的纯粹，钻石在它面前就显得又俗又胖了。

花的威力真是不小，但花的因缘更令人怀想。我国民间有一种说法，说世上有三种行业是前世修来的，就是卖花、卖香、卖伞。因为卖花是纯善的行业，买花的人不是供养菩萨，就是与人结善缘，即使自己放置案前也能调养身心。卖香、卖伞也都是纯善的行业，如果不是前世的因缘，哪里有福分经营这么好的行业呢？

卖花既是因缘，爱花也是因缘，我常觉得爱花者不是后天的培养，而是天生的直觉。这种直觉来自善良的品格与温柔的性情，也来自对物质生活的淡泊，一个把物质追求看得很重的人，肯定是与花无缘的。

　　有一些俗人常把欣赏花看成是小道，其实不然，佛教两部最伟大的经典《妙法莲华经》《大方广佛华严经》就是以花来命名的，而在三千大千世界里每一个佛的净土，无不是开满美丽的花、飘扬着花香，可见爱花不是小道。

　　佛经中曾经比喻过花香不是独立存在的，一朵花的香气和整枝花都有关系，用来说明一个人的完成是肉体、感觉、意识、自性、人格整体的实践，是不可分离的。一枝花如果有一部分败坏，那枝花就开不美，一个人也是一样，戒行不完满就无法散放出人格的芬芳。

　　爱花的人如何在花中学习开启智慧，比只是痴痴地爱花重要。在《华严经》中有一位名叫优钵罗华的卖香长者，曾说过一段有智慧的话："如诸菩萨摩诃萨，远离一切诸恶习气，不染世欲永断烦恼众魔冒索。超诸有趣，以智慧香而自庄严，于诸世间皆无染着，具足成就无所着戒、净无着智，行无着境、于一切处悉无有着，其心平等，无着无依。"长者虽是从卖香而得到智慧，与花也是相通的，我们如果能自花中提炼智慧之香，用智慧之花来庄严心灵，还有什么能染着我们呢？

　　花的美是无常的，世间的一切何尝不是花般无常？若能体会无常也有常在，无常也就能激发我们的智慧，我曾试写过一首偈：

　　　　日日禅定镜

　　　　处处般若花

　　　　时时清凉水

　　　　夜夜琉璃月

这世间，"镜花水月"是最虚幻和短暂的，唯其如此，才使我们有最深刻的觉醒，激发我们追求真实和永恒的智慧。

当我们面对人间的一朵好花，心里有美、有香、有平静、有种种动人的质地，会使我们有更洁净的心灵来面对人生。

让我们看待自己如一枝花吧！香给这世界看，如果世界不能欣赏我们，我们也要沉静庄严地开放，倾听土地的呼唤，深情地注视人间！

水晶石与白莲花

在花莲盐寮海边，有一种石头是白色的，温润含光，即使在最深沉的黑暗中，它还给人一种纯净的光明的感觉。把灯打开，它的美就砰然一响，抚慰人的眼目。把它泡在水里，透明纯粹一如琉璃，不像是人间之石。

听孟东篱谈到这样的石头，我们在夜晚就去到了盐寮海边，在去的路上他说："这种石头被日本人搜购了很多，现在可能找不到了。"等我们到了盐寮，他一一敲开邻居的大门，虽然在夜里九点，海滨乡间的居民都已经就寝了。听我们说明来意，孟东篱的第一个邻居把家里珍藏的水晶石用双手捧着出来说："只有这些了。"

数一数，他的手里只有八颗石头。

幸好找到第二个邻居，她用布袋提出一袋来，放在磅秤上说："十公斤，就这么多了。"

然后她把水晶石倒在铺了花布的地板上，哗啦一声，一地的琉璃，我们的惊叹比石头滚地的声音还要哗然。

我一向非常喜欢石头，捡过的石头少说也有数千颗，不过，这水晶石使我有一种低回喟叹的感受，在雄山大水的花莲竟然孕育出这许多透明浑圆、没有缺憾的石子，真是令人颤动的呀！

妇人说，从前的海边到处都是这种石头，一天可以捡好几公斤，现在在海边走了一天，只能拾到一两粒，它变得如此稀有，是不可思议的。

疑似水晶的石头原不产在海里，它是花莲深山的蕴藏，在某一个世代，山地崩裂。石块滚落海岸，海浪不断地磨洗、侵蚀、冲刷，使其成为圆而晶明的面目。

疑似水晶的石头比水晶更美，因为它有天然的朴素的风格，它没有凿痕，是钟灵毓秀的孕生，又受过海浪永不休止的试炼。

疑似水晶的石头使人想起白莲花，白莲花是穿过了污泥染着的试探，把至美至香至纯净的花朵高高托起到水面，水晶石是滚过了高高的山顶、深深的海底，把至圆至白至坚固的质地轻轻地滑到了海滨。

天地间可惊赞的事物不少，水晶石与白莲花都是；人世里可仰望的人也不少，居住在花莲的证严法师就是。

第一次见到证严法师，就有一种沉静透明如琉璃的感觉，这个世界上有些人不必言语就能给人一种力量，那种力量虽然难以形容，却不难感受。证严法师的力量来自于她的慈悲，还有她的澄澈，佛经里说慈悲是一种"力"，清净也是一种"力"，证严法师是语默动静都展现着这种非凡的力量。

她的身形极瘦弱，听说身体向来就不好；她说话很慢很慢，声音清细，听说她每天应机说法，不得睡眠，嘴里竟生了口疮；她走路很从容、轻巧，一点声音也无，但给人感觉每一步都有沉重的背负与承担。她吃饭吃得很少，可是碗里盘里不会留下一点渣，她的生活就像那样子一丝不苟。

有人问她："师父天天济贫扶病，每天看到人间这么多悲惨世相，心里除了悲悯，情绪会不会被牵动，觉不觉得苦？"

她说："这就像爬山的人一样，山路险峻，流血流汗，但他们一点也不觉得辛苦，对不想爬山的人，拉他去爬山，走两步就叫苦连天了。看别人受苦，恨不能自己来代他们受，受苦的人能得到援助，是最令我欣慰的事。"

我想，这就是她的精神所在了，慈济功德会的志业现在已经闻名遐迩，它也是近代中国最有象征性的佛教事业，大家也耳熟能详，不必赘述，我来记记两次访问证严师父，我随手记下的语录吧：

"这世间有很多无可奈何的事、无可奈何的时候，所以不要太理直气壮，要理直气和，做大事的人有时不免要求人，但更要自己的尊严。"

"未来的是妄想，过去的是杂念，要保护此时此刻的爱心，谨守自己的本分，不要小看自己，因为人有无限的可能。"

"人心乱，佛法就乱，所以要弘扬佛法，人心要定，求法的心要坚强。"

"医生在病人的眼里就是活佛，护士就是白衣大士，是观世音菩萨，所以慈济是大菩萨修行的道场。"

"这世界总有比我们悲惨的人，能为别人服务比被服务的人有福。"

"现代世界，名医很多，良医难求，我们希望来创造良医，用宗教精神启发良知，以医疗技术来开发良能，这就能创造良医。"

"我一开始创建慈济的时候是救穷，心想一定要很快消灭贫穷，想不到愈救愈多，后来发现许多穷是因病而起的，要救穷，就要先救病，然后才盖了医院。所以，要去实践，才知道众生需要的是什么。"

"不要把阴影覆在心里，要散发光和热，生命才有意义。"

"菩萨精神是永远融入众生的精神，要让菩萨精神永远存在这个世界，不能只有理论，也要有实质的表现。慈悲与愿力是理论，慈济的工作就是实质的表达，我们希望把无形的慈悲化为坚固的永远的工作。"

"一个人在绝境时还能有感恩的心是很难得的，一个永葆感恩心付出的人，就比较不会陷入绝境。"

"每一分菩提心，就会造就一朵芳香的莲花。"

"当我决心要创建一座大医院时，一无所有，别人都告诉我那是不可能的，但我有的只是像地藏菩萨的心，这九个字给我很大的力量：我不入地狱，谁入地狱！"

"我得过几次大病，濒临死亡，我早就觉悟到人的生命不会久长，但每次总是想，如果我突然离开这世界，那么多孤苦无依的人怎么办？"

这都是随手记下来的师父说的话，很像海浪中涌上来的水晶石，粒粒晶莹剔透，令人感动。

师父的实践精神不只表达在慈济功德会这样大的机构，也落实在生活的每一个细节，她们自己种菜，自己制造蜡烛，自己磨豆粉，"静思精舍"一直到现在都还保有这种实践的精神。其至这幢美丽素朴的建筑也是师父自己设计的，连屋上的水泥瓦都是来自她的慧心。

师父告诉我从前在小屋中修行，夜里对着烛光读经，曾从一支烛得到了开悟，她悟到了：一支蜡烛如果没有心就不能燃烧，即使有心，也要点燃才有意义，点燃了的蜡烛会有泪，但总比没有燃烧的好。

她悟到：一滴烛泪一旦落下来，立刻就被一层结出的薄膜止住，因为天地间自有一种抚慰的力量，这种力量叫"肤"。为了证验这种力量，她在左臂上燃香供佛，当皮被烧破的那一刹那，立即有一阵清凉覆盖在伤口上，那是"肤"。台湾话里，孩子受伤，妈妈会说："来，妈妈肤肤!"这种力量是充盈在天地之间的。

她悟到：生死之痛，其实就像一滴烛泪落下，就像受伤了，突然被肤。

她悟到：这世界无时无刻不在对我们说法，这种说法常是无声的，有时却比声音更深刻。

师父由一支蜡烛悟到的"烛光三昧"，想必对她后来的行事有影响，她说很喜欢烛光的感觉，于是她自己设计了蜡烛，自己制造，并用蜡烛和人结缘。从花莲回来的时候，师父送我五个"静思精舍"做的蜡烛。

回台北后，我把蜡烛拿来供佛，发现这以沉香为心的蜡烛可以烧十小时之久，并且烧完了不流一滴泪，了无痕迹，原来蜡烛包覆着一层极薄的透明的膜，那就是师父告诉我的"肤"吧! 我站在烧完的烛台前敛容肃立，有一种无比崇仰的感觉，就像一朵白莲花从心里一瓣一瓣地伸展开来。

证严师父的慈济志业，三十余万位投身于慈济的现代菩萨，他们像蜡烛一样燃烧、散发光热，但不滴落一滴忧伤的泪，他们有的是欢欣的菩萨行。

　　他们在这空气污染、混乱浊劣的世间，像一阵广大清凉的和风，希望凡是受伤的跌倒的挫败的众生，都能立刻得到"肤肤"，然后长出新的皮肉。

　　他们以大悲心为油、以大愿为炷、以大智为光，要烧尽生命的黑暗，使两千万人都成为菩萨，使我们住的地方成为净土。

　　慈悲真是一种最大的力呀！

　　我把从花莲带回来的水晶石也拿来供佛，觉得好像有了慈济，花莲的一切都可以作为天地的供养，连"花莲"两个字也可以供养，这两个字正好是"妙法莲花"的缩写，写的是一则千手千眼的现代传奇，是今日世界的"观世音菩萨普门品"！

飘零的水姜花

盛夏的时候，他们沿着醉梦溪散步，那时候的两岸正无边怒放着野生的姜花。

姜花的香气弥漫在整个空间，素净的香气如同他们刚刚携手开始的情感。

她深深地呼吸，转头问他说："为什么白色的花，香气总是比有颜色的花来得浓烈？像姜花、夜来香、茉莉花、七里香、昙花、素心兰都是，尤其在夜里香得更盛，是不是美丽的颜色与素洁的香气不能并具？"

他没有回答她，默默望着她的侧影，为她的纤细而感动着。

走到桥边，她摘下几朵野姜花，说起她从童年就会用姜花做白色蛱蝶；她以花瓣做翼，花蕊当须，并且为蝴蝶加上绿色的身体。她说："这蝴蝶很牢的，落到溪间也不会分散。"说着，把一双蝴蝶自桥上放落，姜花便展翼随着溪上的风飘飘落进水里，果然还是两只完整的蝴蝶，没有被风吹散。

他们沿着溪追那双白蝶，跑了一段路，就清楚地看见姜花被溪水冲成八片，沉进溪里。

第二年她嫁了人，到国外去，他在静夜里闻到花香，总是想到那随风飘落、因水流散的水姜花。

棋盘脚花

棋盘脚花盛开的时候，真像空中盛放的烟火，那样美，那样不真实。

棋盘脚花真是烟火一样的植物，白天的时候，紧紧包着自己的脸颊，夜里才尽情盛放，像许许多多夜里的花。它不是开给人们欣赏，只是爱自己的孤芳。

所以它们开得特别高，高到无法摘取。

所以它们在树上时散着香，一掉落就臭了。

它们如是说："我爱开就开，爱香就香，在这个为别人活着的世界里，我要自己活出自己的方式。"

海边的人们有时批评棋盘脚花"薄情"，因为它开放后，把数十枝雄蕊抛弃，只留一枝雌蕊在树上结果。

但是，薄情又如何？再深的情爱，数十年后落地，还不也是烟火一样浮云聚散？光芒一闪，就消失在长夜里了。

礁石花盆

有沙滩的海岸最美，并且宜于散步。我们赤足走在沙上，可以感到沙的凉度与质感。尤其当我们留下一些足印，在下一个海浪冲刷之前，我们最能感受到时空的流动。

但海岸不恒久是这样的，大部分的海岸不是沙滩，而是礁岩，不规则、奇突地罗列在海边。礁岩上是难以行走的，一不小心就会被刺伤，所以大概很少有人会喜欢礁岩的海岸。

我从前也不爱礁岩海岸，直到有一年我在海边住了较长的时间，才发现礁岩非凡的一面。由于长久接受海浪与风的侵蚀，每一块礁石都棱角分明，有强烈的性格，那性格使我们知道不与环境妥协的人最后的形状。

礁石本身有生命的象征，在它难以攀爬的背上也常有生命寄存，有时我们会找到一些美丽的植物，那时礁石就成为最好的花盆。

植物如何长在没有寸土的礁石上？它的种子从哪里来？礁石如何提供它养分呢？

这些都不重要，因为生命的谜与因缘，不也是不可解的吗？

重要的是，下次到海边，别忘了到礁石海岸走走。

常春藤

他是深信植物有情的人。

看到草木的荣枯、花叶的兴谢，他都觉得它们多少在预示着什么。

因此，每一回他遇见一位女孩，就在庭院的一角为她种一株植物，或许种一株敏感的含羞草，或许种一株娇艳的玫瑰，或许种一株长满了刺的仙人掌，有时也种一些不为人知的蕨类，让它们在角落里独自青翠。

每一株植物对他都是一座没有文字的碑纪，他用清水灌溉的时候，不仅看到了植物的形姿，也看到了人的面容。有些植物在还没有开花的时候就枯萎了，有些正在晴空下怒放；而他喜欢的人早已离去，常常使他站在园子里的阳光下，感到一种无边的寒冷。

有一年，他为她在墙角种了一株常青的春藤，因为她虽然不艳丽，却时常令他知道这个世界也有春天。

那株毫不起眼的常春藤，不但活过了明亮的春天，也行过冷寒的冬季，沿着墙爬上他书房的窗口，当他每日开窗的时候，在窗外向他招手。

　　她离开以后，他的常春藤长得更茂盛了，几乎完全遮住他的房子。但他似乎已经知道，这常春藤也有逝去的一日，或者可能在别地另外生长。

　　他为了体会到这些，常常失眠地看着那株不眠的青藤。

喜悦的香

有一种春天开的花，名字叫作"含笑"。

"含笑花"真的和它的名字相像，它是含苞时最香，花瓣一张开，香气就散走了。含笑因此是少女的笑、含着喜悦与羞怯的笑，不像圆仔花那样开怀大笑，也不像圣诞红那样肆无忌惮的笑。

含笑花的花期很长，从春天可以开到秋天，如果在院子里种了一棵含笑花，整年，屋里屋外都有了笑意。

在含笑盛开的春日，采一些含笑花以小白瓷盘盛着，放在茶几上，空气中都有好香，屋里显得更洁净。

我时常会想到第一个为含笑花取名的人，那人是在花香中看见了笑意？或者是饱含喜悦时看见了小白花呢？那一定是个少女吧！只有春天少女那样喜悦、那样纯净、那样细腻的心，才会看见花中的笑容吧！

但愿我们也可以像含笑花，一年四季都带着微笑，面对世界。

第四辑

深香默默

深香默默

　　秋天一到，家屋前两株高大的桂花树，一转眼全盛开了，乳白色的小花一丛一丛点缀在枝叶间，白日里由于阳光灿亮、枝丫茂盛，桂花隐藏着很难被发现，一到夜晚，它便从叶片后面吐出了香气。

　　桂花的香味很清淡，但飘得很远，我每天回家，刚走到阶梯口，就远远闻到那淡淡的香气，还常常飘到屋里来。桂花香是所有的花最好的香，它淡雅而深远，不像有的花香浓烈而浮浅。

　　盛夏的时候，山下的七里香也开得丰富。那种香真是能飘扬七里外，可是只宜于远赏不适合近闻，距离一近就浓得呛鼻，香得人手足无措。还有，我园子里有两株昙花，开放的时候也有香气，是一种淡淡的奶香，可惜只能凑近闻，站开一步则渺无气息了。

　　只有桂花是远近皆宜，淡淡有余裕。

　　可能是桂花的这种特性，凡物一冠上"桂"字就美了三分，"桂林"的山水是天下之冠，"桂竹"是所有竹子中最秀美的，"桂酒"是酒类中最香的，即连广西的"桂江"想起来也是秀丽无匹，诗人的头上加了"桂冠"则是一种至高无上的荣誉。

仔细地想起来，中国人实在是个爱桂的民族，早在神话的吴刚伐桂，桂树就已有了高大无伦，不能破坏的形象。《酉阳杂俎》里说："月中有桂树，高五百丈。"这棵桂树是有魂魄的，伐不倒的。苏轼在中秋词里曾为之赞叹："桂魄飞来，光射处，冷浸一天秋碧。"唐朝诗人李德裕也写过"桂殿夜凉吹玉笙"的名句。

历史上还有两位皇帝是爱桂树的，汉武帝曾经造了一个宫殿，用了"七宝床、杂宝案、厕宝屏风、列宝帐"来装饰，这个宫殿和当时的明光殿、柏梁台齐名，名字就叫"桂宫"。后来，南朝的陈后主为他的爱妾张丽华也造过一个"桂宫"，摆设是圆门如月，障以水晶，庭空洞无物，仅植一桂，我们很可以想象那个宽广的只植一株桂树的庭院，浪漫而美丽，即使陈后主没有什么治绩，光是这棵桂树，也能传承不朽了。

文学作品里以桂为名的也不少，宋朝词牌有"桂枝香"、清朝剧曲有"桂花霜"，诗人宋之问曾写下"桂子月中落，天香云外飘"，对桂花的香味可以说是一语道尽。

我是爱桂花的，常常把摇椅搬到庭院里看书，晚来的凉风一吹，桂花就开始放散它的魅力，终夜不息，颇有提神醒脑的功用。我常想，这也许就是宋之问当年闻到的"天香"，本不是人间应有。

想到"天香"，我又记起几年前读过一本古老的《维摩经》，里面提到一个菩萨的理想世界，名字就叫"众香国"。

这个"众香国"远在四十二恒河沙的佛土，"其国香气，比于十方诸佛世界人天之香，最为第一"，原来在"众香国"里，是以香作楼阁，以香为地，苑围皆香，甚至菩萨们吃的饭也是香的，它们吃饭时散放出来的香气，可以周流十方无量世界。盛饭的用具也是香的，叫"众香钵"，所种的树当然也是香树了。

生息在"众香国"的菩萨，甚至到了"毛孔皆出妙香"的地步。

由于长在那里九百万菩萨的身上太香，当他们要到人间普度的时候，连佛也不得不告诫他们："摄汝身香，无令彼诸众生起惑着心。又当舍汝本形，勿使彼国求菩萨者，而自鄙耻。又汝于彼莫怀轻贱，而作碍想。"

香气太盛而有碍度众生，实在是不可思议的事。

"众香国"是一个佛经里的浪漫传说，它无微不至的"天香"是人间所不可能有的。我想，人间也不必有，人间虽有生苦，有老苦，有病苦，有死苦，有爱别苦，有怨憎会苦，有所求不得苦，有五阴盛苦，有失去荣乐苦等诸苦，可是到底有苦有乐，有臭有香，是个多姿多彩的世界。如果连屎尿、脓血、涕唾都是香的，日子便也没有过下去的意思了。

我的信念是，我们应该有肯定世间一切臭的污秽事物的气魄，因为再腐败的土地也会开出最美丽的莲花。如果莲花不出淤泥，而长在遍地天香的土地上，它的美丽也不会那么正规。

我并不希望人世间都是壮丽美丽的世界，也不期待能生活在众香国度，我只想渴的时候有水喝，夜读的时候，有沉默清雅的桂花深香默默地飘来，就够了。

明年荷花应教看

冬寒已深，庭园里有些花却在沉默中开起，知名的或不知名的。早晨推窗的时候，忽然惊见许多颜色，阳光灿亮，竟疑是春天了。

花，是奇妙的精魂，在褐黄的泥土上，在碧绿的草色里，让我们体知更多的颜色，尤其在冬季的冷风中，好似在大地的寒茫中让我们感觉更新的生机。我们说"春时花盛"，却也未必，反而在冬天的花显得格外新鲜。

究竟为什么我们庭园的花事却是在冬季呢？

我问了山下的一个老人，他的屋顶上牵缠着茂盛的忍冬花，像一顶花帐，他便要在忍冬花盛开中忍过漫长的冬季。老人写了两句韩缜的词送给我："向年年芳意长新，遍绿野嬉游醉眠，莫负青春。"他说："冬天的花是一种警惕。"

老人住在一所大屋里，老伴已去，儿女都在国外，天涯汗漫，他便一个人经营着庭园，莳花读书，闲来还吟诗作词，倒也颇不寂寞。当老人对我说他的圣诞红又红了，或者九重葛开得像重楼飞霞，或者龙吐珠在万白中吐出了红舌时，我却看到他的寂冥从他亲手栽植的花中流露出来。

儿女的来信总是让他宽怀。有一日冷风呼吼，老人来我的屋中饮酒，带来了千里外问候的家书，那是飞过千云万云来的。老人眼角噙泪，带醉朗诵那封薄薄的邮简，里面写道："这里连日的大雪，屋里屋外一片白。以前在台湾，四季都像春天，花终年开着，并不觉得稀奇，今天我到校园里却看到几朵小红花开在雪中，十分有趣，特别感觉真的是冬天了。"

念起海外的游子，老人幽幽地说："原来冬天开花也是有趣的。"然后他便提起笔来写道：明年荷花应教看，冬风无力百花残。

用岁月在莲上写诗

那天路过台南县白河镇，就像暑天里突然饮了一盅冰凉的蜜水，又凉又甜。

白河小镇是一个让人吃惊的地方，它是本省最大的莲花种植地，在小巷里走，在田野上闲逛，都会在转折处看到一田田又大又美的莲花。那些经过细心栽培的莲花竟好似是天然生成，在大地的好风好景里毫无愧色，夏日里格外有一种欣悦的气息。

我去的时候正好是莲子收成的季节，种莲的人家都忙碌起来了，大人小孩全到莲田里去采莲子，对于我们这些只看过莲花美姿就叹息的人，永远也不知道种莲的人家是用怎么样的辛苦在维护一池莲，使它开花结实。

"夕阳斜，晚风飘，大家来唱采莲谣。红花艳，白花娇，扑面香风暑气消。你打桨，我撑篙，喊一声过小桥。船行快，歌声高，采得莲花乐陶陶。"我们童年唱过的《采莲谣》在白河好像一个梦境，因为种莲人家采的不是观赏的莲花，而是用来维持一家生活的莲子，莲田里也没有可以打桨撑篙的莲舫，而要一步一步踩在莲田的烂泥里。

采莲的时间是清晨太阳刚出来或者黄昏日头要落山的时分，一个个采莲人背起了竹篓，带上了斗笠，涉入浅浅的泥巴里，把已经成熟的莲蓬一朵朵摘下来，放在竹篓里。

采回来的莲蓬先挖出里面的莲子，莲子外面有一层粗壳，要用小刀一粒一粒剥开，晶莹洁白的莲子就滚了一地。莲子剥好后，还要用细针把莲子里的莲心挑出来，这些靠的全是灵巧的手工，一粒也偷懒不得，所以全家老小都加入了工作。空的莲蓬可以卖给中药铺，还可以挂起来做装饰；洁白的莲子可以煮莲子汤，做许多可口的菜肴；苦的莲心则能煮苦茶，既降火又提神。

我在白河镇看莲花的子民工作了一天，不知道为什么总是觉得种莲的人就像莲子一样，表面上莲花是美的，莲田的景观是所有作物中最美丽的景观，可是他们工作的辛劳和莲心一样，是苦的。采莲的季节在端午节到九月的夏秋之交，等莲子采收完毕，接下来就要挖土里的莲藕了。

莲田其实是一片污泥，采莲的人要防备田里游来游去的吸血水蛭，莲花的梗则长满了刺。我看到每一位采莲人的裤子都被这些密刺划得千疮百孔，有时候还被刮出一条条血痕，可见得依靠美丽的莲花生活也不是简单的事。

小孩子把莲叶卷成杯状，捧着莲子在莲田埂上跑来跑去，才让我感知，再辛苦的收获也有快乐的一面。

莲花其实就是荷花，在还没有开花前叫"荷"，开花结果后就叫"莲"。我总觉得两种名称有不同的意义：荷花的感觉是天真纯情，好像一个洁净无瑕的少女，莲花则是宝相庄严，仿佛是即将生产的少妇。荷花是宜于观赏的，是诗人和艺术家的朋友；莲花带了一点生活的辛酸，是种莲人生活的依靠。想起多年来我对莲花的无知，只喜欢在远远的高处看莲、想莲，却从来没有走进真正的莲花世界，看莲田背后生活的悲欢，不禁感到愧疚。

谁知道一朵莲蓬里的三十个莲子，是多少血汗的灌溉？谁知道夏日里一碗冰冻的莲子汤是农民多久的辛劳？

我陪着一位种莲的人在他的莲田梭巡，看他走在占地一甲的莲田边，娓娓向我诉说一朵莲要如何下种，如何灌溉，如何长大，如何采收，如何避过风灾，等待明年的收成时，觉得人世里一件最平凡的事物也许是我们永远难以知悉的，即使微小如莲子，都有一套生命的大学问。

我站在莲田上，看日光照射着莲田，想起"留得残荷听雨声"恐怕是莲民难以享受的境界，因为荷残的时候，他们又要下种了。田中的莲叶坐着结成一片，站着也叠成一片，在田里交缠不清。我们用一些空虚清灵的诗歌来歌颂莲叶何田田的美，永远也不及种莲的人用他们的岁月和血汗在莲叶上写诗吧！

萝卜花，如梦相似

春有百花秋有月，夏有凉风冬有雪。

若无闲事挂心头，便是人间好时节。

——无门慧开

过年的时候，朋友送我一些红菜头的盆栽，大大的圆菜头上，长着嫩嫩的绿叶。朋友的卡片上写着："祝你一年都有好彩头。"

这真是礼轻情意重。红菜头就是红萝卜，是台湾最平常的植物，加上了祝福，就变得喜气和美丽，就像我们常送人凤梨，用台湾话念起来，就是"好运旺旺来"。

过了年，舍不得将红菜头的盆栽丢弃，把它们排成一列，站在靠山的露台上。

绿叶越长越大，菜头日渐缩小，成为一道新的风景。

有一天，从绿叶的中心抽出一枝长梗，一天以半寸的速度抽长，然后有了花苞，接着开出一串串的白花。

本来，光是一枝白花串也不算什么，奇特的是一列红菜头都开花，清晨向着阳光，黄昏迎着晚风，还飘来细致的花香。

我坐在露台看早报，阳光微微地照在小白花上，飞来两只小蝴蝶忙碌地跳舞采花，突然有两句偈在我的耳旁响动：

> 日照一隅，
> 亦是国宝。

道元禅师说的没错，在这个世界上，任何一个角落，太阳投射的地方，你的心随着阳光观照了，那个角落就像国宝一样珍贵呀！

寻求悟境的人，不免向外竞逐，在春花秋月里、在夏风冬雪中，找寻契机，却迷失了自己的本心。

有一天，体悟到"会心不远、密在汝边"，一切都是现成，在每一角落，都能亲见国宝。春花是国宝，秋月是国宝；夏天的凉风，是国宝；冬天的白雪，也是国宝呀！

对于心有宝藏的人，立处皆真，处处都是宝藏。

无门慧开的诗偈，不只在说开悟者生活中的四季，也是在说生命的流程。

我们的少年时代，像是春天的百花，颜色多么鲜艳，姿形如此繁华，无风自飞舞，怡然笑春风，那是美好的。

青年时期，飞扬浪漫，狂放恣肆，就有如夏日的凉风，一路的奔驰，两岸的笑声，那也是美好的。

告别了春风与丽日，就到了中年的月色。月色微凉，一切的盛景豪情都隐藏了，只留下一片晶莹与清透，那也是美好的。

恍惚间，生命下起雪来，寒冷彻骨的老年到了。雪是无声而遍满，雪的白掩盖了生命中一切灰暗与玄黑，雪上偶然留下的鸿爪，也将在明日的雪中掩埋。一切明白了，生命依然美好。

不要只看四季，也要观照人生。

开悟因此是重要的事，穿透了世界，看清了身世，在波动、迷茫、混沌中，知悉了业的联结、缘的迷障，乃至因果的无记与不可解。

放下一看，一切都只是"闲"事，谁叫我们横着木头搁在门上！

过去心不可得，现在心不可得，未来心不可得，就把镜头调回眼前的特写：庭中几株萝卜花，如梦相似。

蝴蝶之吻

1

看到一只蝴蝶在花上吃蜜。

它的动作那样轻巧温柔，它吃了蜜后就翩翩起飞，飞到另一朵花上，好像吃够了，就飞出墙外、飞过枝头，往远处逸去了。

那只蝴蝶吃花蜜，既没有执着，也没有陷入；既不迷恋，也不流连；那样美、自由、潇洒，使我为之震动。

再回来看那些花，香依然、色依然、花形也依然，丝毫也看不出被"采花"的痕迹。花是这样美丽，蝴蝶采花也是一样美丽呀！

我想起从前一个朋友告诉我的，那叫做"蝴蝶之吻"，蝴蝶之吻是轻轻的、温柔的，有如眼睫毛飘落在脸颊。

蝴蝶之吻是吻者与被吻者都不受到伤害，都能感受到互相亲近的美。

蝴蝶之吻是轻巧的，行于所当行，止于所当止，随时保持着自由与飞翔。蝴蝶之吻是细致的，但取其味、不损色香，被吻过的花依然是美，甚至更美。蝴蝶与花朵就是那样轻轻地吻着呀！仿佛前世斯文的约定。

2

我想到小时候最喜欢玩的游戏，就是"拈蜻蜓"和"拈蝴蝶"。

看到蜻蜓憩于枝丫，或蝴蝶停驻花上，我们就蹑步走近，像一只猫那样轻巧，然后以拇指或食指拈住蜻蜓的尾巴或蝴蝶的翅膀。

蜻蜓是很容易拈到的，因为它一停下来就像是老僧入定。

蝴蝶可就很难很难拈到，蝴蝶总像云水的禅师，随时准备要起飞，保持着醒觉的状态。

美丽的蝴蝶一飞起，我们往往搓着拇指和食指惊呼，那惊呼中有惋惜，更多的是赞叹！

那种轻巧、敏捷、清醒，也是蝴蝶之吻呀！

常常会被拈到尾巴的是蜻蜓之吻，是因为太执迷了。

3

还有各种不同的吻。

会把别的众生吃掉的，叫做"癞蛤蟆之吻"或是"蜥蜴之吻"。

会把与自己最亲密的伴侣吃掉的叫做"蜘蛛女之吻"。

走起路来地动山摇，吃起东西胃口奇大，好像一张口可以吞下地球，最后自己绝种的叫做"恐龙之吻"！

4

"癞蛤蟆之吻"与"蜥蜴之吻"是丑陋的、粗鲁的、赤裸裸的，我们看有些公共政策大致是这种吻法，看到猎物就迎上前去，一阵吐舌席卷，乱吃一气。于是台北盆地一片地裂天崩、肝肠寸断，如果坐直升机在空中巡视一圈，会以为是世纪末刚刚受到什么怪兽凌虐的灾区。

"蜘蛛女之吻"则是血腥的、残暴的、没有羞耻的，台湾的文艺、电影、文化大致是这种吻法。如果我们写的书没有人要看，我们就大可宣称读者已死，或者说现代人没有文学心灵，然后在年终，我们再集合一些人选出十大"好书"、十大"有影响力的书"、十大"石破天惊的书"，吸引那些尚未死心的读者，来把他们一起杀死，因为他们如果依靠那些专家选的书，阅读的兴趣必死无疑。

为什么那些人要以吻死读者为己任，置读者的兴趣于度外呢？为什么他们不能了解，对作家来说，读者是最好的伴侣呢？

那些一直在叫嚷着文学没落、读者没有水准的作家，他们永远也不会找到他们的书滞销的秘密，就好像黑寡妇蜘蛛每年都在自问："为什么上门的绅士愈来愈少呢？"

有一点大概是批评家自己很难看见的（或者根本就不敢看），那就是他们的书实在太难看，他们的才华实在太有限了，只好年年继续着"蜘蛛女之吻"。

电影就更悲哀了，一片腥风血雨，非色即杀，全以吓死、害死、杀死为己任，有一些电影片名我们甚至都说不出口，不想把那些片名写在这里，以免玷污了我的稿纸。

像这种电影的搞法，除了吓跑观众，害死做电影的人，还会有什么前途呢？

整个社会的品质是如此血腥残暴，整个表现形式是这样没有羞耻，当一个社会里，婚礼跳脱衣舞，丧礼也跳脱衣舞，祭神或开工都跳脱衣舞的时候，我们要怎样说他们的文化呢！

"恐龙之吻"指的乃是贪官污吏，贪污几乎无日无之，凡有工程必有贪污，凡有军购必有贪污，凡有利益必有贪污，"一个田螺煮九碗公汤"，端出来的虽然还是田螺汤，但其他的田螺不知道跑哪里去了！

难道这些贪官污吏都没有研究过恐龙绝种之谜吗？正是恐龙吃得太多，体积太庞大，最后反应迟钝而死。（听说把恐龙的尾巴锯掉，要七十秒之后，痛的指令才会传到大脑呢！）

贪官污吏只有一种情况会绝种，就是继续吃，吃到民怨沸腾，天怒人怨，社会瓦解的时候。因此，我们何必多管制它的食物，让它们早点绝种吧！

5

我们的社会真的需要更多的蝴蝶之吻，轻巧温柔、细致斯文，既没有执着，也没有陷入；既不迷恋，也不流连；那样美、自由、潇洒。

我们也可以写一些美丽的、人人都喜欢读的文学，不一定是读不懂的、没人看的才是文学。

我们也可以拍一些像诗歌一样的爱情电视，不一定要哭喊、上吊或捶打。

我们也可以拍一些写实的、好看的电影，不一定要拍刀伸出来、舌头伸出来、什么都伸出来的电影。

我们也可以做更好的公共工程规划，使环境好看一些，不一定要每个城市都贴满胶布、膏药和绷带呀！

我们可以上行下效，大家都不要贪污，使公务员都能抬头挺胸，过有尊严的生活，不一定要"账面"那么好看，每个公务员都是从千万财产起算，然后亿、十亿、百亿，公务员有太多钱就像老妓厚抹脂粉一样，不是什么光彩的事呀！

6

看那只蝴蝶飞越枝头而去，我心里颇有羡慕之意。

想到我们的社会有癞蛤蟆文化、蜥蜴文化、蜘蛛女文化、恐龙文化，不知将使社会迈向何方？

有时候想到那更幽微的部分，心情就感到沉重，觉得我们应该创造一种蝴蝶的文化，轻巧、敏捷、清醒、云水自由，随时准备起飞。

带着蜜、带着花香、带着美丽，起飞！

宁静海

孩子从学校带回一盒蚕宝宝，据他说，现在学校里流行养蚕，几乎人手一盒。

面对那些纯白的小生命，我感到烦恼了，因为养蚕的事看来容易，实践却很难。我童年的时候养过许多次蚕，最后几乎都注定了失败的命运，并不是蚕养不活，而是长大以后它吐茧结蛹，羽化为蛾，生出更多的小蚕，繁殖得太快，不是桑叶不够吃，就是没有地方放置，最后，总是整盒带到郊外的桑树上放生。

那时候山里的桑树很多，甚至我家的后院都有几棵桑树，通常我们都是去山里采桑叶，只在不得已的情况下才摘家里的。

想一想，在桑叶那么充沛的时候，养蚕都会失败，何况是现在呢？

孩子养蚕的桑叶是买自学校的福利社，一包十元，回来后他把桑叶冰在冰箱里免得枯萎，我看他忙得不亦乐乎，却想到：万一学校福利社的桑叶缺货呢？

果然，没有多久，一天孩子满头大汗地从学校回来，说："爸！糟了！天下大乱了！学校的桑叶缺货！"那天下午，我带他到台北市郊几个可能有桑树的地方去，都找不到一棵桑树。黄昏回程的时候，他垂头丧气地坐在车里，突然眼睛一亮："爸爸，我们用别的树叶试试！"

"没有用的，千百年来蚕就是吃桑叶长大，它不可能吃别的叶子。"我说。

孩子说："真的饿死也不吃别的树叶吗？我不信！"

"那么，你试试看！"

孩子兴奋地把家里种的树叶各摘下一片，把冰箱里的菜叶也找来了，不管他放下什么叶子，蚕总是无动于衷，甚至连动也不动一下。虽然它们看起来是那么饥饿，饿得快死了，也不肯动口尝尝别的叶子。

试过所有的叶子，孩子长叹一声说："哎呀，这些蚕怎么这样想不开？吃几口别的树叶会死吗？"

他坐在那里发了半天呆，突然问我说:"如果，如果，一只蚕从生下来就让它吃别的树叶，不让它吃一口桑叶，它会不会吃呢？"

"你试试看吧！"

为了寻找这问题的答案，他更乐于养蚕（幸好第二天福利社的桑叶就送来了），蚕儿长大、成蛹、化蛾、产卵……当黑色像眼睫毛一样的小蚕孵出的那一刻，孩子就喂给它别的树叶，结果它们的固执和父母一样，连第一口都不肯吃。最后，孩子不得不把桑叶放进去，它们立刻欢喜地开口大吃了。

小蚕对桑叶的坚固执着，令我感到非常吃惊，它们的执着显然不是今生的习惯，而是来自遥远前世的记忆，否则不会连生平的第一口都那么执着。

面对蚕的执着，孩子学到了什么呢？他说："蚕的心，我们是不会知道的啦！"

是呀，蚕的心潜藏着轮回的秘密，孕育着业力的神秘，包覆着习气的熏习，或者是像海一样深不可测的。当然这些都无从查考，唯一可知的是它只吃桑叶（古今中外的蚕都如此），它只吐一种明亮、柔软、坚韧的丝（古今中外的蚕也都如此）。

世界的众生何尝不是如此呢？每一众生的内在世界都深奥一如海洋。以蚕的近亲飞蛾来说吧！它们世世代代寻火而扑，在火中殉身，永不疲厌，是为了什么？以蚕的远亲蝴蝶来说，同一品种的蝴蝶，花纹世世代代均不改变，甚至身上的斑点不会多一个或少一个，而它们世世代代只吃花蜜，不肯改一下口味，这是为什么呢？

众生都有不能破除的执着，小似无知的昆虫到大似灵敏的人，都是如此，众生的识执都有如海洋，广大、难以探测、不能理解。

在我们理想中的宁静、澄澈、深湛、光明的自性之海，要经过多么长远的时光，才能开显呀！

从一枚小小的桑叶，一只小小的蚕，我也照见了自己某些尚未破尽的烦恼。

静静的鸢尾花

第一次看见凡·高画的《鸢尾花》使我心中为之一震。凡·高画过两幅《鸢尾花》，一幅是海蓝色的鸢尾花盛开在田野，背景是翠绿色，开了许多橘黄色的菊花；另外一幅是在花瓶里，嫩黄色背景前面的鸢尾花已经变黑了，有一株全黑的竟已枯萎衰败，倒在花瓶旁边。

这两幅著名的《鸢尾花》，前者画于 1889 年的夏天，后者画于 1890 年的 5 月，而凡·高在两个月后的 7 月 27 日举枪自杀。

我之所以感到震撼，来自于两个原因，一是画家如此强烈地在画里表现出他心境的转变，同样是鸢尾花，前者表现了春日的繁华，后者则是冬季的凋萎；一是鸢尾花又叫紫罗兰，一向给我们祥和、安宁、温馨的象征，在画家的笔下，却是流动而波涛汹涌。

我是在荷兰阿姆斯特丹的凡·高美术馆看见凡·高那两幅鸢尾花，一幅是真迹，另一幅是复制品，看完后在阿姆斯特丹市立公园的喷水池旁，就看见了一大片的鸢尾花，宝蓝而带着粉紫，是那么美丽而柔美，叶片的线条笔直爽朗，使我很难以把真实的与画家笔下的鸢尾花合而为一，因为透过了凡·高的心象，鸢尾花如同拔起的一只巨鸢，正用锐眼看着这波折苦难的人间。

坐在公园的铁椅上，我就想起了凡·高与鸢尾花的名字，我想到"梵"（台湾多译作梵谷）如果改成"焚"字，就更能表达凡·高那狂风暴雨一般的画风了。而鸢鸟呢？本来是一种凶猛的禽类，它的头顶和喉部是白色，嘴是蓝色，身体是带紫的褐色，腹部是淡红色，尾巴则是黑褐色。如果用颜色与形貌来看，紫罗兰应该叫"鸢头花"，由于用这样的猛禽来形容，使得我们对鸢竟而有了一种和平与浪漫的联想。

在近代的艺术史上，许多艺术家都有争议之处，凡·高是少数被公认为"伟大的艺术家"而没有争议的。凡·高也是不论学院的教授或民间的百姓都能为之感动的画家。我喜欢他早期的几幅作品，像《食薯者》《两位挖地的妇女》《拾穗的农妇》《播种者》等等，都是一般人看了也会为之震动的作品，特别是一幅《小麦束》，全画都是金黄色，收割后的麦子累累的，要落到地上来，真是美丽充满了温馨。

我想，我们会喜欢凡·高，乃是由于他对绘画那专注虔诚的态度，这种专注虔诚非凡人所能为；其次，是他内在那热烈狂飙的风格，是我们这些表面理性温和者所潜藏的特质；其三，是他那种魄大而勇敢、迹近于赌注的线条，仿佛在呼唤我们一样。我觉得我还有一个更可佩的理由，是在凡·高的画里，我们只看见明朗的生命之爱，即使是他生命中最晦暗的时刻，他的画都展现欢腾的生命力，好像是要救赎世人一样。怪不得左拉曾说凡·高是"基督再世"，这是对一个艺术家最大的赞美了。

现在我们再回到凡·高的鸢尾花吧！他的一幅《鸢尾花》曾

以美金 5390 万拍卖，是全世界最贵的绘画（就是把全世界的鸢尾花全剪下来卖，也没有这个价钱），可见艺术心灵的价值是难以估算的。

我最近重读凡·高写给弟弟提奥的全部书简，在心里作为对凡·高逝世一百周年的纪念并表示崇敬之意。

我们来看他的两幅《鸢尾花》绘画时的背景，第一幅 1889 年夏天，凡·高写道："亲爱的提奥，但愿你能看到此刻的橄榄树丛！它的叶子像古银币，那一簇簇的银在蓝天和橙土的衬托下转化成绿，有时候真与你人在北方所想的大异其趣啊！它好似我们荷兰草原上的柳树或海岸沙丘上的橡树；它的飒飒声有异常的神秘滋味，像在倾诉远古的奥秘。它美得令人不敢提笔绘写，不能凭空想象。""这段期间，我尽可能做点事，画了一点东西。手边有一张开粉红花的栗树夹道风景，一棵正在开花的小樱桃树，一株紫藤科植物，以及一条舞弄光影的公园小径。今儿整日炎热异常，这往往有益我身，我工作得更加起劲。"凡·高很喜欢他的《鸢尾花》，在 1890 年 7 月他给弟弟的信中说过："希望你将看出《鸢尾花》一画有何独到之处。"

1890 年的 5 月，关于《鸢尾花》的画他写道：

"我以园中草地为题材画了两幅画，其中一幅很简单，草地上有一些白色的花及蒲公英和一小株玫瑰。我刚完成一幅以黄绿为底色，插在一只绿色瓶子里的粉红玫瑰花束；一幅背景呈淡绿的玫瑰花；两幅大束的紫色鸢尾花，其中一束衬以粉红色为背景，由于绿、粉红与紫的结合，整个画面一派温柔和谐，另一幅则突立于惊人的柠檬黄之前，花瓶和瓶架呈另一种黄色调……"

读凡·高的书简和看他的画一样令人感动。我们很难想象在画中狂热汹涌的凡·高，他的信却是很好的文学作品，理性、温柔、条理清晰，并以坦诚的态度来面对自己的艺术与疾病。这一束书简忠实地呈现了一个艺术家的创作历程与心理状态，是凡·高除了绘画留下来的最动人的遗产。

凡·高逝世前一年，他的作品巧合地选择了一些流动的事物，譬如飘摇的麦田，凌空而至的群鸥，旋转诡异的星空，阴郁曲折的树林与花园。在这些变化极大的作品中，他画下了安静温柔和谐的《鸢尾花》，使我们看见了画家那沉默的内在之一角。

凡·高逝世一百周年了，使我想起从前在阿姆斯特丹凡·高美术馆参观的那一个午后，想起公园中那一片鸢尾花，想起他写给弟弟的最后一句话："在忧思中与你握别。"也想起他在信中的两段感人的话：

> 一个人如果够勇敢的话，康复乃来自他内心的力量，来自他深刻忍受痛苦与死亡，来自他之抛弃个人意志和一己爱好。但这对我没有作用：我爱绘画，爱朋友和事物，爱一切使我们的生命变得不自然的东西。
>
> 苦恼不该聚在我们的心头，犹如不该积在沼池一样。

对于像凡·高这样的艺术家，他承受巨大的生命苦恼与挫伤，却把痛苦化为欢歌的力量、明媚的色彩，来抚慰许多苦难的心灵，怪不得左拉要说他是"基督再世"了。

翻译《凡·高传》和《凡·高书简》的余光中，曾说到他译《凡·高传》时生了大病，但是，"在一个元气淋漓的生命里，在那个生命的苦难中，我忘了自己小小的烦忧"，"是借他人之大愁，消自家之小愁"。

我读《凡·高传》和《凡·高书简》时数度掩卷叹息，当凡·高说："我强烈地感到人的情形仿如麦子，若不被播到土里，等待萌芽，便会被磨碎以制成面包！"诚然让我们感到生命有无限的悲情，但在悲情中有一种庄严之感！

雪地梅花初放

雪里梅花初放，暗香深夜飞来。

正对寒灯独坐，忽将鼻孔冲开。

我喜欢穿越森林，也喜欢沿着溪边散步。

我喜欢在海滨聆听潮声，也喜欢在山顶上倾听鸟的鸣唱。

如果有一天不走出户外，走入林间山树，走向山河土地，走近日月星辰，就感觉那一天是白白地逝去了。

所以，我永远无法了解宅男腐女的生活，我也永远不能了知人可以坐在电脑前几天几夜的事。

有人告诉我："现在已经不买书了，但还是读书，是坐在电脑前面读的。"

我说："你知道在佛陀的时代，四吠陀、《奥义书》是不准在房里读的。要捧着书走进森林，坐在大树下才准读，否则会受到祭师的责罚。"

"为何不能在房里读？"

"因为在房里是读不通的。坐在林间树下，感受神圣，才有可能读懂神圣的思想呀!"

不只是读书,从前,佛陀在森林中修行、在大树下成道、在园林里讲道,几乎都不在房里。苏格拉底、柏拉图、亚里士多德讲课都在野外。

孔子和孟子呢?他们讲课的地方叫杏坛,应该就在杏树下,春天有杏花香,夏天有杏子飘落。

人,要在自然里成长、得悟。

自然,能让人看见变化和无常。

自然,能让人深化感觉与体会。

自然,能让人观照生机与意趣。

自然,能让人变得谦逊和宽容。

追逐繁华的人,他们的家乡是高楼大厦、名牌商品、五星级大饭店。

寻找悟境的人,他们的家乡是蓝天白云、山水花木、河海的远方。

春天的百花、夏夜的明月、秋日的凉风,与冬寒的白雪呀!都有着甚深的消息。

如若不能走入自然,那就把窗打开吧!

你独坐灯下,远看着院子里含苞很久的梅花,孤独地站在雪地上,白雪红梅,美到极致了。

没想到在深夜时刻,一阵似有似无的香气突然飞来,把你的鼻孔冲开了,灌入你的脑、你的心、你全身的细胞。你的一切妄想都消融化去,成为梅香的一缕。

不管这个世界会迈向什么样的电子时代,我都希望能守住雪中的一缕梅香。

　　不管这个时代会走向什么高科技的未来世界，我都愿意捧一本书到树下去阅读。

　　我愿谛听一只小蚱蜢的扑翅，也愿静观一株小草随风飘摇；我愿远观一头蓝鲸的喷泉，也愿欣赏雪地细微的鸟踪……我愿与大自然的一切法侣走向宇宙之心。

好雪片片

好雪片片，
不落别处！

阳明山的樱花，我最喜欢"想启小馒头"对面那三棵樱花树。
三棵樱花树皆高数丈，花开满树红，燃烧人的眼目。

我每次站在那三棵樱花树前面，总舍不得转移视线、闭起眼睛。有时就买一袋小馒头坐在地上，一口一口吃着各种口味的馒头，山药、南瓜、芋头、黑糖、绿茶……一直到小馒头吃完，才依依不舍地和树道别。

那三棵樱花树可能不是阳明山最美的，却是与我的友谊最长远的，属于"人生若只如初见"的朋友。

小学三年级，我第一次到台北，堂哥带我从平等里步行上阳明山，沿路看樱花。那是此生第一次看见樱花，对樱花的美感动不已。

走到三棵樱花树前，感动得哭了，难以想象人间有这么美的樱花树。

后来住在台北，年年花季前都会到那里去看花，仿佛默默有个约定。从第一次相遇，匆匆，五十年过去了。

今年在外居停久了，回来立刻去探视。才二月初，樱花谢了，吐出新芽，我站在对面地上，怅然不已。

卖小馒头的老板说，今年这三棵樱花树开得最早，过年那几天就盛开了，谁也料不到！过年后连续下大雨，一星期花全掉光了！这世界，天气实在变得太恐怖了。

樱花年年开，我们的人生却是每年都大有不同呀！

我买了一个笋包，在树下吃起来，看到樱花树上满满的绿色芽苗，红与绿虽然不同，美却是一样的。我们执着于每年的花季，但努力开放的樱花树，每一季也都是美的，你爱其华，就要爱其芽，甚至爱每一枝枯去的树枝。

你爱树，也要爱树后的山，以及空山的雨和飘动的风。"罗汉不三宿空桑，以免对桑树留情。"你不是罗汉，你还有所眷恋，你还留有一丝感情，你还期待着明年的花期。

回来的时候，走过那还盛开着的金合欢，遇到路边那棵硕大的木兰，身心无浊意，山水有清音，这世界原来如是美好。

庞蕴居士开悟了，拜别他的师父药山禅师，走到禅寺的大门，突见满天飞雪，感叹地说："好雪片片，不落别处！"

生活中每一片雪都是美好的，都下在我们的心田，不执有无、不必分别、没有高下。

每一片雪的落下，都是必然的，也是偶然。

每一朵花的兴谢，都是偶然的，也是必然。

每一个人生的因缘，虽不可预知，却有既定的流向。

触目遇缘，皆成真如。

好樱片片，亦不落别处！

牡丹也者

———————————————

温莎公爵夫人过世的那一天，正巧是台北"故宫博物院"至善园展出牡丹的第一天。

真是令人感叹的巧合，温莎公爵夫人是本世纪最动人的爱情故事的主角，而牡丹恰是中国历史上被认为是最动人的花。一百盆"花中之后"在春天的艳阳中开放，而一朵伟大的"爱情之花"却在和煦的微风中凋谢了。

我们赶着到外双溪去看牡丹，在人潮中的牡丹显得是多么脆弱呀！因为人群中蒸腾的浊气竟使它们提前凋谢了，保护牡丹的冰块被放置在花盆四周，平衡了人群的热气。

好不容易拨开人群，冲到牡丹面前，许多人都会发出一声叹息：终于看到了一直向往着的牡丹花！接下来则未免怏怏：牡丹花也像是芙蓉花、大理菊一样，不过如此，真是一见不如百闻呀！在回程的路上，不免兴起一些感慨，我们心中所存在的一些美好的想象，有时候禁不起真实的面对，这种面对碎裂了我们的美好与想象。

我不是这一次才见到牡丹的，记得两年前在日本旅行，朋友约我到东京郊外看牡丹花展，那一夜差一点令我在劳顿的旅次中也为之失眠，心里一直梦想着从唐朝以来一再点燃诗人艺术家美感经验的帝王之花的姿容。自然，我对牡丹不是那么陌生的，我曾在无数的扇面、册页、巨作中见过画家最细腻翔实的描绘，也在无数的诗歌里看到那红艳凝香的侧影，可是如今要去看活生生地开放着的牡丹花，心潮也不免为之荡漾。

在日本看到牡丹的那一刻，可以说是失望的，那种失望并不是因为牡丹不美，牡丹还是不愧为帝王之花、花中之后的称号，有非常之美，但是距离我们心灵所期待的美丽还是不及的。而且，牡丹一直是中国人富贵与吉祥的象征，富贵与吉祥虽好，多少却带着俗气。

看完牡丹，我在日本花园的宁静池畔坐下，陷进了沉思：是我出了问题，还是牡丹出了问题？为什么人人说美的牡丹，在我的眼中也不过是普通的花呢？

牡丹还是牡丹，唐朝在长安是如此，现代在东京也仍然如此，问题是出在我自己身上。因为历史上我所喜爱的诗人、画家，透过他们的笔才使我在印象里为牡丹铸造了一幅过度美丽的图像，也因为我生长在台湾，无缘见识牡丹，把自己的乡愁也加倍地放在牡丹艳红的花瓣上。

假如牡丹从来没有经过歌颂，我会怎样看牡丹呢？

假如我家的院子里，也种了几株牡丹呢？

我想，牡丹也将如我所种的菊花、玫瑰、水仙一样，只是美丽，还可以欣赏的一种花吧！

我怀着落寞的心情离开了日本的花园，在参天的松树林间感觉到一种看花从未有过的寂寞。

唯一使我深受震动的，是在花园的说明书里，我看到那最美的几种牡丹是中国的品种，是在唐宋以后陆续传种到日本的。在春天的时候，日本到处都开着中国牡丹，反倒是居住在中国南方的汉人有一些终生未能与牡丹谋上一面。

花园边零售的摊位上，有贩卖牡丹种子的小贩，种子以小袋包装，我的日本朋友一直鼓舞我买一些种子回台湾播种，我挑了几品中国的种子回来，却没有一粒种子在我的花盆中生芽。

这一次在故宫至善园看牡丹花展，识得牡丹的朋友却告诉我说："这些牡丹是日本种，从日本引进种植成功的。"

"日本种不就是中国种吗？"我问。

"最原始的品种当然还是中国种，可是日本人非常重视牡丹，他们改良了品种，增加了花色，中国种比较起来就有一些逊色了。"

这倒真是始料未及的事，日本人以中国的品种为好，我们倒以日本的品种为好了。那些无知的牡丹，几乎不知道自己是哪里的品种，只要控制了气温与环境，它就欣悦地开放。对于中国的牡丹，这一段奇异的路真是不可知的旅程呀！

日本看牡丹，台北看牡丹，有一种心情是相同的，即是牡丹虽好，有种种不同的高贵的名字，也只是一种花而已。要说花，我们自己亲手所种植，长在普通花泥花盆里的花，才是最值得珍惜的，虽无掀天身价，到底是我们自己的花。

从至善园回来，我在阳台上浇花，看到自己种的一盆麒麟草，因为春光，在尾端开出一些淡红的小花，一点也不稀奇，摆在路上也不会引人驻足，但它真是美，比我所看见的牡丹毫不逊色。因为在那么小的花里，有我们的心血，有我们的关怀，以及我们的爱。

温莎公爵与夫人也是如此，一宗曾使全世界的恋人为之落泪动容的爱情，从我们年幼的时候，就飘荡在我们的胸腔之中，然后我们立下了这样的志向：如果我右手有江山，左手有美人，我也要放下右手的江山来拥抱左手的美人。

可是志向只是志向，我们不可能同时拥有江山与美人，要是有，可能也放不下，连一代枭雄拿破仑都办不到，他的境界只留在"醉卧美人膝，醒掌天下权"的境界。

一般人为爱情做小小的牺牲都难以办到，何况是舍弃江山去追求爱情呢？

试想当年，风度翩翩的韦尔斯王子，准备继承他父亲乔治五世的王位成为爱德华八世，加上他容貌出众，干练而有理想，是那个时代全世界最受少女仰慕的王子，以他的风采与地位，要找一位最美丽、最杰出、最聪明的妻子，简直是易如反掌。

他应该拥有最好、最美的一朵牡丹，这也是全英国的期望。

可是他喜欢的不是牡丹。

他爱上了一个离过婚的有夫之妇——辛普森夫人。

辛普森夫人本名华丽丝，当年三十四岁，是伦敦商人艾奈斯特的太太，既不年轻也不貌美，既不富裕又没有受过良好教育，她的身体也不健康，胃病时时发作。在一九三〇年代英国人民的眼中，辛普森夫人简直一无是处，偏偏他们的国王爱上了这个女子。

那种心情是可以想见的，就如同我们有一园子盛开的牡丹，请朋友来观赏，朋友在园子里绕了半天却说：花园角落那一株紫色的酢浆草开得真是美。

华丽丝就像那株紫色酢浆草，而且还不是初开的，已经是第三次开放。

后来，爱德华八世如何为了华丽丝，不惜与首相闹翻，放弃江山，是大家都知道的故事，也成为这个冷漠无情的世纪里一个真实动人的爱情典范。

我并不想评述这段爱情，我有兴趣的是，人人都说牡丹好，如果我们觉得牡丹的美不如朱槿花，为什么不勇敢地说出来呢？或者说当我们面对爱情的试炼之时，是不是能打开一切条件的外貌，去触及真实本然的面目呢？是不是能把物质的一切放在一边，做心灵真正的面对呢？

这个世界，许多女人都拥有钻石、珠宝、貂皮大衣，但是真正觉得钻石、珠宝、貂皮大衣是美丽的女人极少，绝大部分是只知道它的价钱。

我们在钻石的光芒中找到的美不一定是纯粹的美，我们在海边无意拾获的贝壳之美才是纯粹的美。我们在标价百万的兰花上看到的美不一定是真实的美，我们在路边无意中看见的油菜花随风翻飞才是真实的美。

爱与牡丹也是如此。

爱德华八世和辛普森夫人的爱不一定是纯粹与真实的美，只有还原到戴维与华丽丝，才有了纯粹与真实之美。

牡丹如果是放在花盆里用冰块冰着，供给众人瞥看一眼，不是真美，只有它还原到大地上，与众花同在，从土地生发，才是真美。

我们不必欣羡爱德华与辛普森夫人，我们只要珍惜自己拥有的小小的爱就够了，我们的爱虽平凡渺小，即使有人送我江山，也是不可更换的。爱之伟大无如我者，小小江山何足道哉！

我们也不必欣羡牡丹，我们只要宝爱自己所拥有的菊花、玫瑰蔷薇、茉莉，乃至鸡冠花、鸡屎菊也就是了。在这个大地上，繁花锦绣无不是美，我对美的见识如此壮大，小小牡丹何足道哉！

把帝王之花还给帝王。

把花中之后还给皇后。

我只把最真实、最纯朴、最能与我的美感或爱情相呼吸的留给我自己，我自己就是江山，我自己就是一个具足的宇宙。

不要失去桃花源

在西门町走来走去，要寻找汉口街，却迷路了。

已经有很多年没有到西门町了，对这棋盘一样罗列着的区域，竟感到非常之陌生，甚至连东西南北也分不清。从前，由于跑社会新闻的关系，几乎日日都在西门町内奔波，对町内的区域和巷道非常熟悉，怎么才几年，连汉口街都找不到了呢？

时空变异，是西门町改变了？或者是我的记忆改变了？由此，我们可以体会到，经过时间与空间，我们忘记一个人、一个地方是非常有可能的；即使我们都能不忘，再相逢也可能两鬓飞霜了；但即使我们都忘了，在某一个不可知的角落，一些鲜明的记忆也会如凌空的云，偶尔飘来我们的窗口。

在西门町里想这些，转来转去，幸好记忆尚未太远，终于找到汉口街了。我是为了看赖声川导演的第一部电影《暗恋桃花源》而到汉口街的，如果不是《暗恋桃花源》的吸引力，可能再过五年、十年，我也不会来西门町。

我去看《暗恋桃花源》这部电影，有好几个强烈的理由。

一是几年前在剧场看《暗恋桃花源》的舞台剧，曾经给我带来极深刻的感动。在台北这样的城市，能感动人的事物实在太少了，有时要刻意去寻找感动，来证明自己的心情依然健在。

二是赖声川是我很佩服的导演，他在舞台剧上的创意与努力，对台湾文化的发展极有影响。他对戏剧舞台的贡献是毋庸置疑的。但是，戏剧究竟不是电影，成功的舞台剧导演投入电影工作是一项冒险，这种挑战不只是来自市场，也是来自电影制作的更复杂、更特殊的状况。

三是《暗恋桃花源》中有几位我所熟知的、非常优秀的演员，像李立群、顾宝明、丁乃筝、金士杰，可以说是演员中里子最硬的。还有林青霞——我来看看林青霞怎么接受真正的演戏的考验，把剧中人物从二十岁演到六十岁。

四是因为陶渊明吧。

我坐下来看了十分钟，心里就放心了。赖声川的电影技法非常纯熟，不逊于他的舞台剧。而且他非常注意戏的质量，节奏、音乐、灯光、摄影都很讲究，可以说是台湾少见的讲究质量的电影。最特殊的是，这大概是几十年来台湾第一部没有打字幕的电影，原因是，导演认为打字幕会破坏画面的完整性，而且字幕是以重叠的方式放映的，会影响到影像的质量，由此可知赖声川对电影的讲究。

赖声川的舞台剧的特色，是好几个层次的时空交叠进行，再加上集体的即兴创作，时常有出乎意料的创意泉涌。他的电影也完全保留了这项特色，并且在运镜与思考上更自由，比舞台剧有更深切撼人的效果。

演员更不必说了，个个都好得没话说。近年台湾电影被港片打得很惨，但是港片其实很少有好演员，在这一点上，我为台湾演员感到欣慰，因为从长远来看，香港要拍出什么有人文性的电影比我们更艰难。

《暗恋桃花源》是近几年很少看到的好电影，兼具人文性和娱乐效果。再之前，有李安的《推手》、杨德昌的《牯岭街少年杀人事件》、侯孝贤的《悲情城市》，好电影虽然寥寥可数，不过一想到这些有创意的电影，心中不免一振。不管台湾电影处在多么暗淡的时期，我都相信电影的桃花源不会失去，就像少年时代读的陶渊明的《桃花源记》，每每在最灰暗的日子，总是能抚慰我，只需把开头"晋太元中，武陵人，捕鱼为业"改成"一九九二年，台北人，写作为业"。

从戏院出来，发现天空正下着大雨，街头一片水泽，关于整个西门町的午后记忆突然在我的心中映现。不管时空如何转变，只要不失去心里的桃花源，我们就能身着白衣，在黑暗中潇洒前进。我想起电影里的一首歌的歌词：

> 有些事不是你说忘就忘
> 有些事不是你说算就算
> 有些人不是你说盼就盼
> 有些话不是你说完就完

莲花汤匙

洗茶碟的时候，不小心打破了一根清朝的古董汤匙，心疼了好一阵子，仿佛是心里某一个角落跌碎一般。

那根汤匙是有一次在金门一家古董店找到的。那一次我们在山外的招待所，与招待我们的军官聊古董。他说在金城有一家特别大的古董店，是由一位小学校长经营的，一定可以找到我想要的东西。

夜里九点多，我们坐军官的吉普车到金城去。金门到了晚上全面宵禁，整座城完全漆黑了，商店与民家偶尔有一盏烛光的电灯。由于地上的沉默与黑暗，更感觉到天上的明星与夜色有着晶莹的光明，天空是很美很美的灰蓝色。

到古董店时，"校长"正与几位朋友喝茶。院子里堆放着石磨、石槽、秤锤。房子里十分明亮，与外边的漆黑有着强烈的对比。

就像一般的古董店一样，名贵的古董都被收在玻璃柜子里，每日整理、擦拭。第二级的古董则在柜子上排成一排一排。我在那些摆着的名贵陶瓷、银器、铜器前绕了一圈，没见到我要的东西。后来"校长"带我到西厢去看,那些不是古董而是民间艺术品,因为没有整理,显得十分凌乱。

最后,我们到东厢去,"校长"说:"这一间是还没有整理的东西,你慢慢看。"他大概已经嗅出我是不会买名贵古董的人,不再为我解说,到大厅里继续和朋友喝茶了。

这样,正合了我的意思,我便慢慢地在昏黄的灯光下寻索检视那些灰尘满布的老东西。我找到两个开着粉红色菊花的明式瓷碗,两个民初的粗陶大碗,一长串从前的渔民用来捕鱼的渔网陶坠。蹲得脚酸,正准备离去时,看到地上的角落开着一朵粉红色的莲花。

拾起莲花,原来是一根汤匙,茎叶从匙把伸出去,在匙心开了一朵粉红色的莲花。卖古董的人说:"是从前富贵人家喝莲子汤用的。"

买古董时有一个方法,就是挑到最喜欢的东西要不动声色、毫不在乎。结果,汤匙以五十元就买到了。

我非常喜欢那根莲花汤匙,在黑夜里赶车回山外的路上,感觉到金门的晚上真美,就好像一朵粉红色的莲花开在汤匙上。

回来,舍不得把汤匙收起来,经常拿出来用。每次用的时候就会想起,一百多年前或者曾有穿绣花鞋、戴簪珠花的少女在夏日的窗前迎风喝冰镇莲子汤,不禁感到时空的茫然。小小如一根汤匙,可能就流转过百年的时间,走过千百里空间,被许多不同的人使用,这算不算是一种轮回呢?如果依情缘来说,说不定在某一个前世我就用过这根汤匙,否则,怎么会千里迢迢跑到金门,而在最偏僻的角落与它相会呢?这样一想,使我怅然。

现在它竟落地成为七片。我把它们一一拾起,端视着不知道要不要把碎片收藏起来。对于一根汤匙，一旦破了就一点用处也没有了，就好像爱情一样，破碎便难以缝补，但是，曾经宝爱的东西总会有一点不舍的心情。

我想到，在从前的岁月里，不知道打破过多少汤匙，却从来没有一次像这一次，使我为汤匙而叹息。其实，所有的汤匙本来都是一块泥土，在它被匠人烧成的那一天就注定有一天会被打破。我的伤感，只不过是它正好在我的手里打破，而它正好画了一朵很美的莲花，正好又是一个古董罢了。

这个世界的一切事物都只不过是偶然。一撮泥土偶然被选取，偶然被烧成，偶然被我得到，偶然地被打破……在偶然之中，我们有时误以为是自己做主，其实是无自性的，在时空中偶然的生灭。

在偶然中，没有破与立的问题。我们总以为立是好的，破是坏的，其实不是这样。以古董为例，如果全世界的古董都不会破，古董终将一文不值；以花为例，如果所有的花都不会凋谢，那么花还会有什么价值呢？如果爱情都能不变，我们将不能珍惜爱情；如果人都不会死，我们必无法体会出生存的意义。然而也不能因为破立无端，就故意求破。大慧宗杲曾说："若要径截理会，需得这一念子噗地一破，方了得生死，方名悟入。然切不可存心待破。若存心破处，则永劫无有破时。但将妄想颠倒的心、思量分别的心、好生恶死的心、知见解会的心、欣静厌闹的心，一时按下。"

大慧说的是悟道的破，是要人回到主体的直观，在生活里不也是这样吗？一根汤匙，我们明知它会破，却不能存心待破，而是在未破之时真心地珍惜它，在破的时候去看清："呀，原来汤匙是泥土做的。"

这样我们便能知道僧肇所说的:"不动真际为诸法立处。非离真而立处,立处即真也。然则道远乎哉?触事而真。圣远乎哉?体之即神。"(一个不动的真实才是诸法站立的地方,不是离开真实另有站立之处,而是每一个站立的地方都是真实的。每接触的事物都有真实,道哪里远呢?每有体验之际就有觉意,圣哪里遥远呀?)

我宝爱一根汤匙,是由于它是古董,它又画了一朵我最喜欢的莲花,才使我因为心疼而失去真实的观察。如果回到因缘,僧肇也说得很好。他说:"物从因缘故不有,缘起故不无,寻理即其然矣。所以然者,夫有若真有,有自常有,岂待缘而后有哉?譬彼真无,无自常无,岂待缘而后无也?若有不自有,待缘而后有者,故知有非真有。有非真有,虽有不可谓之有矣。"

一根莲花汤匙,若从因缘来看,不是真实的有,可是在缘起的那一刻又不是无的。一切有都不是真有,而是等待因缘才有,犹如一撮泥土成为一根汤匙需要许多因缘;一切无也不是真的无,就像一根汤匙破了,我们的记忆中它还是有的。

我们的情感,乃至于生命,也和一根汤匙没有两样,"捏一块泥,塑一个我",我原是宇宙间的一把客尘,在某一个偶然中,被塑成生命,有知、情、意,看起来是有的、是独立的,但缘起缘灭,终又要散灭于大地。我有时候长夜坐着,看看四周的东西,在我面前的是一张清朝的桌子,我用来泡茶的壶是民初的,每一样都活得比我还久,就连架子上我在海边拾来的石头,是两亿七千万年前就存在于这个世界了。这样想时,就会悚然而惊,思及"世间无常,国土危脆",感到人的生命是多么薄脆。

　　在因缘的无常里，在危脆的生命中，最能使我们坦然活着的，就是马祖道一说的"平常心"了。在行住坐卧、应机接物都有平常心地，知道"月影有若干，真月无若干；诸源水有若干，水性无若干；森罗万象有若干，虚空无若干；说道理有若干，无碍慧无若干"（马祖语）。找到真月，知道月的影子再多也是虚幻，看见水性，则一切水源都是源头活水……

　　三祖僧璨说："莫逐有缘，勿住空忍。一种平怀，泯然自尽。"这"一种平怀"说得真好。以一种平坦的怀抱来生活，来观照，那生命的一切烦恼与忧伤自然就灭去了。

　　我把莲花汤匙的破片丢入垃圾桶，让它回到它来的地方。这时，我闻到了院子里的含笑花很香很香，一阵一阵，四散飞扬。

莲子面包与油焖香菇

住家附近的一家面包店，自行研制一种莲子面包，把莲子磨成泥状调在吐司面包里，每天下午四点出炉的时候都是大排长龙，大家都等着吃那新鲜的温热的莲子面包。

有一天下午我经过面包店，看到那么多人在毫不起眼的小店前排队买面包，感到十分意外，询问排队的人："是排队等着买什么呢？"

"买快要出炉的莲子面包呀！"一位中年妇人告诉我，然后她还形容了莲子面包的美味，说新鲜莲子的滋味是多么清香，"又缠又绵"，她每天四点的时候都会来这里买。

莲子面包虽然没有广告，显然是极有口碑的。对于一向不信任广告而信任口碑的我，产生了很大的吸引力。我于是加入人龙里，耐心地等候莲子面包出炉。

一下子，戴着白帽的面包店老板兼师傅，把铁盘子端出来了。果然，屋里就飘出浓浓的莲子香味——在我的印象中，莲子是没有香味的，不知道为什么和了面包，就让我感觉那不只是面包的香味。我买了半条莲子面包，边散步边迫不及待地把面包拿出来吃，细细地品味面包中莲子的滋味。莲子面包确有非凡之处，细滑含着水分的莲子使我想起从前在嘉义看人收成莲子的情景，白净、浑圆的莲子，有一种倾向于圆满的感觉。

我想到可颂坊的榛子面包、圣玛丽的核桃面包，以及台安医院餐厅里加了麦芽的全麦面包，好吃的可能不只是面包本身，而是面包师傅的创造的心情，以及随着那心情衍生出来的感觉，使我们品味到某一些生活的芬芳。在寂寥的午后，知道某一家小面包店有一位师傅冒汗来完成、实践一种创造的心，这给我们带来了温柔的安慰。

生命，真的不能缺乏游戏；生活，则不能失去创造力。创造力随时都在，而且每个人都具有，只要在形式的、固定的、保守的那一个层面，念头一转，做一点提升与超越，创造力就可能得到实践了。面包师傅在做莲子面包时，正是一种提升和超越呀！

在家附近还有一家素食的自助餐厅，老板娘也是个有创造力的人。她的菜色时常更换，有一次竟然做出了一道极美味的清炒凤梨。里面什么都没加，只是用油把凤梨炒到柔软适口，使酸甜的凤梨有了新生一样。

我问她为什么会想到清炒凤梨的。

她的回答令我大出意料。她说因为台风的缘故，青菜的价钱暴涨，一斤菠菜要八十元，一个高丽菜要一百多元，拿来做自助餐实在成本太高了。突然看到小贩叫卖凤梨，一个大凤梨才十五元，想到："做个炒凤梨应该也不错吧！"当天中午她就做了一道清炒凤梨，没想到反应出奇地好。隔几天，她看人卖苹果，十个一百元，那时萝卜一条四十几元，于是，她做出了一道"清炒凤梨苹果"，滋味比清炒凤梨更好。

　　她还有一道绝活，就是做油焖香菇，那是在市场上看见小贩卖香菇，那些又小又丑的香菇虽然价钱便宜，还是卖不出去。她灵机一动，就买了一袋回来，泡软、洗净，用油、酱油、小火焖，一直到将干未干之时起锅。那些小香菇的美味，我是无法形容的，在人间里，也只有慧心才能创造出这样的滋味。

　　可见，有创造力的心灵，不管扮演什么角色，处在什么环境，都可以无遗地展现出来。可惜，由于房屋的租约到期，老板娘已经不做素食餐厅。我每次路过那个房子，就会想起她那超绝的手艺和心灵，觉得她不做自助餐，实在是人间的损失。

　　创造力是无所不在的，而且愈用愈出，愈用愈清明，就仿如山林中的泉水一样，凡是真实饮用过创造之泉的人，人世的苦难就好像山中溪泉边的乱石，再多的乱石也不能阻挡泉水的奔流与清澈了。

轮回之香

————————————————

　　朋友从国外来，送了我一瓶香水，只因为那香水的名称叫"轮回之香"。

　　朋友说："在佛教里，轮回原是束缚堕落的意思。轮回之中还流着香气，真是太美了。"

　　我听了有些迷茫。这几年像香水这样的东西也有两极化的倾向。就在不久之前，有两家极为著名的香水公司，分别把它们的香水叫"毒药""寡妇"，也曾引起一阵流行的风潮。如今突然跑来一阵轮回之香，突破了毒药的迷雾。

　　"香水只是香水，不管它用什么名称，也只是香水呀！"我对朋友说。

　　对于那些透过强大的宣传来制造的神话，我往往不能理解；对于为什么小小的化妆品香水之类竟可以卖到八千、一万的高价，我更不能理解。

　　我的不能理解来自我的童年。小学三年级我生了一场大病，到高雄开刀，住在亲戚家。亲戚是化妆品制造厂的老板。我记得他的工厂摆了四口大灶，灶上的锅子永远煮着烟气弥漫的香料，用一个大棒在里面不停地搅拌，香气在一里外就能闻见。

煮好的化妆品分成两种：一种是面霜，一种是水状的（大概是香水或化妆水）。水状的放入茶壶冷却，然后一瓶瓶倒在玻璃瓶里批发出去。

三十年前的台湾还是纯手工的时代。由于对那制造过程的熟悉，竟使我后来看到化妆品都生起荒谬之感。我的脑海里时常浮起表姨在黑夜的灯下，用棒子搅动大锅和以茶壶装瓶的画面。

在表姨家的一个月，我就住在化妆品工厂的阁楼上，那终日缠绵的香气无休无止地在我四周环绕。刚开始的两天还觉得味道不错。过了一阵子，竟感觉那种香虚矫而夸饰，熏人欲呕。到后来，我躺在阁楼上，就格外地怀念乡下牛粪的气味，还有小路上野草的清气。

当年，在台湾南部最流行的香水是"明星花露水"。表姨时常感慨地说："如果能做到像明星花露水那么有名就好了。"

我们乡下中山公园山脚有一家茶室，茶店仔查某都是喷明星花露水。我们每次路过，闻到花露水和霉味交杂的气息，都夹着尾巴飞快地逃走，那个味道有一种说不出来的龌龊之感。

不久前，我在台北松山路一家小店买到大中小三瓶明星花露水，包装还是和三十年前一样，价钱所差无几，三瓶不到两百元。想到多年未联络的表姨，想到人事的沧桑，不禁感慨不已。

我对朋友说到了我对香水的一页沧桑："如果有一家名厂的香水，取名为'牛粪'或'青草'，仕女们也会趋之若鹜吧！"这没有贬抑香水的意思，只是对一瓶香水的广告上所说"一滴香水代表永生，不断转生，追求尽善尽美的和谐，小小一滴即是片片永恒，只要一次接触，神奇的境界顿然开启。"有着一笑置之的态度。

不管是东方还是西方，香水一直是神秘的象征。在我国晋朝的时候，女人为了制造香水胭脂，要先砍桃枝煮水，洒遍室内，然后砍寸许的桃枝数千条围插在墙脚四周，并且禁止鸡鸣狗叫，供一个紫色琉璃杯在"胭脂之神"前，自穿紫衣、紫裙、紫带、紫冠簪、紫帽子，虔诚地礼拜。最后，用桃叶刮唇，一直刮到出血，再把血与紫色花朵放在装着汾河水的鼎里煮沸，女人长跪闭目等待，不久就化为香水胭脂了。传说这是我国制造胭脂的开始。

被名为"轮回之香"（Samsara）的香水，传说是那个长跪在西藏佛教圣地扎什伦布寺里佛陀像前的人，得到佛的圆满、宁静、祥和、亲切的启示，以数十种自然原料创造的永恒之香。女性用了这种香水就会得到优雅、宁静、自在。

这两段文字，前者出现在明朝伍瑞隆的小品中，后者是二十一世纪新香水的说明书。是不是都充满着神秘、传奇的宗教气氛呢？

不只东西方对香水如此，传说中东沙漠边陲有个叫"阿拉伯乐土"，在《旧约·圣经》的记载就是盛产香水的地方。他们以橄榄树提炼出来的纯白香料置于炭火上焚烧，会散发出神秘优雅、难以言喻的甜美香气。古埃及和罗马王朝的帝王以此作为祭祀，可与神灵交感。希腊人在公元前一世纪就带着这些香料在海上贸易，并直航阿拉伯海和印度洋。这条贸易之路早于我们所熟知的"丝路"被称为"海上丝路"，或"香之路"。

日本当代的音乐家神思者（Sense，电影《悲情城市》的作曲者），以这个传说作为蓝本，写出了极为动听的"海上丝路系列"。我在聆听《阿拉伯乐土》《茶之圆舞曲》《水畔净土》的乐音时，仿佛也闻到了橄榄树那白色的香气。

日本人从江户时代开始就有"香道"之说，更把香水提升至道的层次，研究香味对生理和心理的影响，发展出极富想象力的芳香疗法（Aromachology）。香道是从佛教出来的，香常被用来象征佛法的功德，香道其实就是功德之道。

印度是极早就用香的民族，数千年前就有旃檀香、沉水香、丁子香、郁金香、龙脑香、乳香、黑沉香、安息香等香料。若依使用方法，有香水、香油、香药、丸香、散香、抹香、练香、线香等等，排起来洋洋洒洒，正是一本"香道"。

我觉得极有趣的是在印度、中国西藏都有制"香泥"的风俗。他们把牛粪、泥土、香水混合起来，制成一种泥状的东西，作为涂坛场修法之用。香水虽贵，牛粪泥土亦可贵呀！

对于"轮回之香"我于是有不同的观点：在无始劫的轮回之中，如果我们有戒香、定香、慧香、解脱香、解脱知见香等功德之香作为引导，必将引领我们走入更清净的境界。我深信在法界中，必有一个无形无相的香光庄严世界。

但是，再回头一想，这世界，不论古今中外，任何民族都有他们的"香道"，用以涂饰身体，掩盖从身体出来的自然之味，也可见我们的身体是多么不净。佛陀在四念处中教我们常念"观身不净、观受是苦、观心无常、观法无我"是多么深刻而真实的教化呀！

这身体，即使吃的是山珍海味，饮的是玉液琼浆，穿的是绫罗绸缎，涂的是轮回之香，只要过了一夜，无不成为不净的东西。如是观察，就会使我们免除对身相的执着。身相的执着一旦破了，用来庄严不净之身的事物也就不会执着了。

　　我最感慨的是，现代的香水愈做愈昂贵，香气愈来愈盛，甚至连男人也使用香水，是不是表示现代人的身心一天比一天不净了呢？

不睡之莲

到外双溪山上看朋友，不知道为什么有一位朋友就谈到了潘金莲，他说："潘金莲是个新女性，她主动追求爱情的热烈，勇于追求生命的热诚，恐怕今天的新女性主义者都望尘莫及。"

他这段话顿时使大家瞠目结舌。我们开始争论起潘金莲，而且争得面红耳赤，有几位心直口快的朋友不免吵起来，纷纷质询那位乱发议论的朋友。

那位可爱的朋友制止了大家的争议，他说："我知道一定有人不同意我的说法，现在我就分析给你们听听。潘金莲本来是大户人家的婢女，主人一直想沾惹她而未能得手。可见，潘金莲还是有自己的原则的，并不全是荡妇淫娃。主人就把她下嫁给卖烧饼油条的残缺不全的武大郎。大家想想，这么有姿色的女性怎么甘心就这样埋没一生？因为内心的不满与压抑，乃使她充满了生命原始的激情。"

"可是，她后来挑逗武松，与西门庆通奸，这些都是人不能容忍的欲情，从当时的眼光看都是不合社会规范的。"另一个朋友马上提出异议。

　　"不，不能这么说，我们看潘金莲不能从当时的眼光或当时
的社会规范来看，而应从人性的观点来看。她嫁给五不全的武
大，后来遇到武松那样的打虎英雄怎么能不动心呢？尤其是在风
雪之夜，相对而饮，现在的女子遇到这种情形能不动心吗？"他
转头询问在座的几位女士，女士们沉思默默。

　　"武松不接受嫂子的感情也就罢了，非但不能疏导，还加以
斥责，使她的压抑更深，后来见到翩翩风流的西门庆就更不能把
持了，男欢女爱一番也是人性之常。"

　　"可是她后来害死武大呢？"又有人抗议。

　　"她哪来的胆识，怎敢害死武大？还不是因为西门庆与王婆
的唆使？何况在那时的社会中，离婚又不可以，她除了这样做还
有什么别的出路呢？我承认，潘金莲有许多错误、挣扎与矛盾，
可是我们要注意的是在错误、挣扎、矛盾的背后，她是什么样的
一个人，她处在什么样的社会。因此，我认为对潘金莲的千古定
评有重新反省的必要。"

　　我们那天晚上的话题就绕着潘金莲转，谈到后来大家都不免
感叹。对历史人物的翻案讨论是很难，但是大家多少得到一些启
发。也许同样一个问题由不同的角度来看，可以让我们更明白地
看清楚这个世界吧！

　　我不说潘金莲的蒙冤是不白的，然而我同情她。处在那个时
代，真正有良知血性的女性是很难伸展的，而她为了情欲挑逗武
松，追随西门庆，乃是经过人性最深沉的压抑所抒发出来的，它
至少比许多为了金钱而卖身的现代女性更值得我们同情，更值得
我们深思。在女性解除封建枷锁后的今天，我们的社会反而到处
都是潘金莲，有时还比潘金莲不如，思之令人心痛！

那天我们从外双溪山上下来已是凌晨了，一位朋友提议到南海路植物园去看莲花①。

她说："现在正是莲花开的季节。"

我说："你有没有搞错，植物园种的是荷花，哪来的莲花？"

她说："从历史博物馆楼上往下看那一大片是荷花，另外隐在角落一边的是睡莲，到晚上便合了起来，极是娇羞好看。"

然后朋友便谈起她在国外四年的游学生活，不管是在纽约、洛杉矶、俄勒冈，甚至在加拿大多伦多，植物园的莲花都是她在睡梦里也会浮起的乡愁。

其实，早在她出国之前，我们常深夜在荷花池畔纵酒狂歌，大谈为国为民的满腔热血，没想到后来星云四散，荷花池畔只剩下一波浓过一波的乡愁。

我们散步在被九重葛和紫丁香盖满的小道上，荷花池在上弦月的映照下，反射出墨绿色的光。就在一片墨绿中，淡红色的荷花一株株探出水面，探出擎向天空的姿势。走到荷花池的尽头向左拐，便是一小池叶片贴在水面上的莲花，红色的莲径自开得茂盛，秀气的莲花与奔放的荷花相映成趣，远方飘来不知名的花的香气。

我忍不住笑着问朋友："你不是说这里的莲花到晚上都要睡觉吗？为什么还开得这么繁盛？"

"咦？奇怪，这些莲花很三八，以前晚上都要睡的，不知道现在为什么不睡！"

说着，她弯腰探身，仔细地看那些莲花，忽然有所悟地回头对我们说："这不是普通的莲花，这是潘金莲，对着好山好水，

---

① 莲花：本文中特指睡莲。

晚上舍不得睡觉。"

我们都纵声笑起来。我蓦然想起了潘金莲与武松初次相见时的一段对话——

潘金莲：叔叔，青春多少？

武松：武二二十五岁。

潘金莲：长奴三岁。叔叔，今番从哪里来？

武松：在沧州住了一年有余，只想哥哥在清河县住，不想却搬在这里。

潘金莲：一言难尽！自从嫁得你哥哥，吃他忒善了，被人欺负。清河县里住不得，搬来这里。若得叔叔这般雄壮，谁敢道个"不"字！

武松：家兄从来本分，不似武二撒泼。

潘金莲：怎地这般颠倒说！常言道："人无刚骨，安身不牢。"奴家平生快性，看不得这般"三答不回头，四答和身转"的人。

武松：家兄却不到处惹事，要嫂嫂忧心。

我觉得这是相当好的一段对话，武松与潘金莲也是中国文学里让人难忘的人物。我们重新考虑潘金莲说的"人无刚骨，安身不牢"，可以想象，如果她嫁给一个有刚骨的汉子，如武松，可能潘金莲的形象要重写，她也不会如此引起我们的关心了。

午夜看植物园里不睡的莲花想潘金莲，想如果她生在今世，也许是个名女人，也许是个新女性。这些，都是千古的大疑问，像植物园的不睡之莲一样使我们迷惑。

一　朝

　　十二岁的时候，第一次读《红楼梦》，似懂非懂，读到林黛玉葬花的那一段，以及她的《葬花词》，里面有这样几句：

> 尔今死去侬收葬，未卜侬身何日丧？
> 侬今葬花人笑痴，他年葬侬知是谁？
> 试看春残花渐落，便是红颜老死时。
> 一朝春尽红颜老，花落人亡两不知！

　　那是我第一次感受到落花也会令人忧伤，而人对落花也像待人一样，有深刻的情感。那时当然不知道林黛玉的自伤之情胜过于花朵的对待，但当时也起了一点疑情，觉得林黛玉未免小题大做，花落了就是落了，有什么值得那样感伤，少年的我正是"侬今葬花人笑痴"那个笑她的人。

　　我会感到葬花好笑是有背景的，那时候父亲为了增加家用，在田里种了一亩玫瑰，因为农会的人告诉他，一定有那么一天，一朵玫瑰的价钱可以抵上一斤米。可惜父亲一直没有赶上一朵玫

瑰一斤米的好时机，二十几年前的台湾乡下，根本不会有人神经
到去买玫瑰来插。父亲的玫瑰是种得不错，却完全滞销，弄到最
后懒得去采收了，一时也想不出改种什么，玫瑰田就荒置在
那里。

我们时常跑到玫瑰田去玩，每天玫瑰花瓣，黄的、红的、白
的落了一地，用竹扫把一扫就是一畚箕，到后来大家都把扫玫瑰
田当成苦差事，扫好之后顺手倒入田边的旗尾溪，千红万紫的玫
瑰花瓣霎时铺满河面，往下游流去，偶尔我也能感受到玫瑰飘逝
的忧伤之美，却绝对不会痴到去葬花。

不只玫瑰是大片大片地落，在我们山上，春天到秋天，坡上
都盛开着野百合、野姜花、月桃花、美人蕉，有时连相思树上都
是一片白茫茫，风吹来了，花就不可计数地纷飞起来。山上的孩
子看见落花流水，想的都是节气的改变，有时候压根儿不会想到
花，更别说为花伤情了。

只有一次为花伤心的经验，是有一年父亲种的竹子突然有十
几丛开花了，竹子花真漂亮，细致的、金黄色的，像满天星那样
怒放出来。父亲告诉我们，竹子一开花就是寿限到了，花朵盛放
之后，就会干枯、死去。而且通常同一母株育种的竹子会同时开
花，母亲和孩子会同时结束生命。那时我每到竹林里看极美丽绝
尘不可逼视的竹子花就会伤心一次，到竹子枯死的那一阵子，总
会无端地落下泪来，不过，在父亲插下新枝后，我的伤心也就一
扫而空了。

多几次感受到竹子开花这样的经验，就比较知道林黛玉不是
神经，只是感受比常人敏锐罢了，也慢慢能感受到"昨宵庭外悲
歌发，知是花魂与鸟魂？花魂鸟魂总难留，鸟自无言花自羞。愿

奴胁下生双翼，随花飞到天尽头。天尽头，何处有香丘？未若锦
囊收艳骨，一抔净土掩风流。质本洁来还洁去，强于污淖陷渠
沟。"那种借物抒情，反观自己的情怀。

　　长大一点，我更知道了连花草树木都与人有情感、有因缘，
为花草树木伤春悲秋，欢喜或忧伤是极自然的事，能在欢喜或悲
伤时，对境有所体会观照，正是一种觉悟。

　　最近又重读了《红楼梦》，就体会到花草原是法身之内，一
朵花的兴谢与一个人的成功失败并没有两样，人如果不能回到自
我，做更高智慧之追求，使自己明净而了知自然的变迁，有一天
也会像一朵花一样在无知中凋谢了。

　　同时，看一片花瓣的飘落，可以让我们更深地感知无常，正
如贾宝玉在山坡上听见黛玉的葬花诗"不觉恸倒山坡上，怀里兜
的落花撒了一地"。那是他想到黛玉的花容月貌终有无可寻觅之
时，又推想到宝钗、香菱、袭人亦会有无可寻觅之时，当这些人
都无可寻觅，自己又安在呢？自身既不知何在何往，将来斯处、
斯园、斯花、斯柳，又不知当属谁姓！

　　看看这种无常感，怎么能不恸倒在山坡上？我觉得，整部
《红楼梦》就在表达"人生如梦"四字，这是一种无可如何的无
常，只是借黛玉葬花来说，使我们看到了无常的焦点。《红楼梦》
还有一支曲子，我非常喜欢，说的正是无常：

　　　　为官的，家业凋零；富贵的，金银散尽；有恩的，死里
逃生；无情的，分明报应；欠命的，命已还；欠泪的，泪已
尽。冤冤相报实非轻，分离聚合皆前定。欲知命短问前生，
老来富贵也真侥幸。看破的，遁入空门；痴迷的，枉送了性

命。好一似食尽鸟投林，落了片白茫茫大地真干净。

从落花而知大地有情，这是体会；从葬花而知无常苦空，这是觉悟；从觉悟中知道万法了不可得，应该善自珍摄，不要空来人间一回，这就是最初步的菩提了。读《红楼梦》不也能使我们理解到青原惟信禅师说的"三十年前见山是山，见水是水。及后亲见亲知，有个入处，见山不是山，见水不是水。如今得个休歇处，依旧见山只是山，见水只是水"的过程吗？

相传从前有一位老僧，经卷案头摆了一部《红楼梦》，一位居士去拜见他，感到十分惊异，问他："和尚也喜欢这个？"

老僧从容地说："老僧凭此入道。"

这虽是传说，但也不无道理，能悟道的，黄花翠竹、吃饭睡觉、瓦罐瓶杓都会悟道了，何况是《红楼梦》！

虽然《红楼梦》和"悟道"没有必然关系，但只要时时保有菩提之心，保有反观的觉性，就能看出在言情之外言志的那一部分，也可以看到隐在小儿女情意背后那广大的空间。

知悉了大地有情，觉悟了无常苦空，体会了山水的真实，保有了清明的菩提，我们如何继续前行呢？正是"一朝春尽红颜老"的那个"一朝"，是"万古长空，一朝风月"的"一朝"，是知道"放弃今日就没有来日，不惜今生就没有来生"！是"此身不向今生度，更待何生度此身"！是"当下即是"！是"人圆即佛成"！

那么就在每一个"一朝"中保有菩提，心田常开智慧之花，否则，像竹子一样要等到临终才知道盛放，就来不及了。

图书在版编目（CIP）数据

喜悦的香:林清玄经典散文/林清玄著. —济南:山东文艺
出版社,2018.6
ISBN 978 – 7 – 5329 – 5602 – 9

Ⅰ.①喜… Ⅱ.①林… Ⅲ.①散文集—中国—当代
Ⅳ.①I267

中国版本图书馆 CIP 数据核字(2018)第 011140 号

喜悦的香

林清玄 著

主管单位 山东出版传媒股份有限公司
出版发行 山东文艺出版社
社　　址 山东省济南市英雄山路 189 号
邮　　编 250002
网　　址 www. sdwypress. com

读者服务 0531 – 82098776(总编室)
　　　　　0531 – 82098775(市场营销部)
电子邮箱 sdwy@ sdpress. com. cn

印　　刷 山东临沂新华印刷物流集团有限责任公司
开　　本 880 毫米 × 1230 毫米　1/32
印　　张 8.625
字　　数 195 千
版　　次 2018 年 6 月第 1 版
印　　次 2019 年 7 月第 2 次印刷
书　　号 ISBN 978 – 7 – 5329 – 5602 – 9
定　　价 35.00 元